李泓剧作选

李泓 —— 著

河南文艺出版社
· 郑州 ·

图书在版编目(CIP)数据

李泓剧作选 / 李泓著. --郑州:河南文艺出版社,
2024.7. -- ISBN 978-7-5559-1717-5

Ⅰ.I236.61

中国国家版本馆 CIP 数据核字第 20248L1Z27 号

选题策划　　党　华
责任编辑　　党　华
责任校对　　殷现堂　樊亚星
封面题字　　韩绍愈
头像绘画　　罗镜泉
书籍设计　　吴　月

出版发行	河南文艺出版社	印　张	18.25
社　址	郑州市郑东新区祥盛街 27 号 C 座 5 楼	字　数	243 000
承印单位	河南省邮电科技有限公司	版　次	2024 年 7 月第 1 版
经销单位	新华书店	印　次	2024 年 7 月第 1 次印刷
开　本	700 毫米 × 1000 毫米　1/16	定　价	58.00 元

李泓

序一　有机趣的人是幸福的

——剧作家李泓印象

刘景亮

　　与李泓先生相识并且成为朋友，已经将近半个世纪了。看到他的剧本要结集出版，我的高兴程度恐怕不亚于他本人。感谢他给了我先睹为快的机会。

　　1974年，我到鹿邑县剧目创作组工作。鹿邑县当时属周口地区，地区的剧作者经常聚会，一聚就是几十个人。大家说戏剧、讲笑话，好不热闹！好不快活！李泓先生在我们这个群体中是很出众的一个，创作功力深厚，很有个性。有人告诉我，他遭受过不公正待遇，受过磨难。但是他的行为举止、言谈话语，一身的阳光，豁达大度，对社会、对同志满怀关爱和热情。做到这一点很不容易。经常看到一些人，受到一点挫折，便成天下第一苦主，生活在"伤痕"里不能自拔，总像祥林嫂那样一次次诉说苦难。李泓先生的超脱，我在当时就很高看。后来，看到介绍他的文章，说是在他解脱磨难时，他的父亲却冷冰冰扔出一句话："不屈他呀，才会连个小鸡嘎嘎，就能得不是他啦，不整他整谁？"这位父亲一下子也在我眼前高大起来——这是一个不平常的父亲，自省甚严。李泓先生的超脱和大度恐怕就是来自父亲的楷模作用，我在心里常常为他们父子点赞。因为我本人也遭遇过人生的"滑铁卢"，在苦难中也曾感受过温暖，看到过一出出喜剧，别人以为我冤枉，对我表示同情的时候，更激发了我的自省，使我看到自己一身的缺陷，所以，想起他们父子,我还真有点"微斯人,吾谁与归"的感觉。

在与李泓先生的接触中,给我印象最深的是他的机趣。我对机趣的理解是巧妙自然、幽默风趣。我常常感到李泓先生的行为举止有点与众不同而又出自自然。他讲说事情,总能讲得畅达机巧,条理清晰,有声有色,妙趣横生。有机趣的人都有人缘,属于"男女老幼皆宜"的那种。李泓先生周围的人都爱与他交往,原因应该就是他有机趣。

有机趣的人是幸运的,在生活中能化解愁苦,活得有滋有味,有声有色;在文艺创作中能妙笔生花,佳作不断,娱己又娱人。

李泓先生在文艺创作中就很有成就,而且有多方面的成就。在他十七八岁尚在学校读书的时候就发表了小说,并有戏曲作品立于舞台。"文革"后期,河南较早地突破了只能移植、演出样板戏的局限,开始现代戏剧目的自创和演出,李泓先生创作了《高路入云》。我刚刚进入戏剧界的时候,就听到过周口的同行对这部作品的称赞。改革开放以来,艺术创作的许多禁区被打破,李泓先生的思想空前活跃,创作了大量艺术作品,有曲艺,有小品,也有小戏,更多的是舞台大戏,如《农家媳妇》《农家嫂子》《农家巧妮》《红烛泪》《对门邻居》《九月菊香》《红桃花》等。其中有六个大戏和十多个小戏由项城县豫剧团立于舞台,甚得观众喜爱,有的已成为剧团的保留剧目。例如《农家媳妇》这部戏,自2002年上演,至今已演出一千五百余场,是剧团每到一处的必演剧目。

文如其人。我在看李泓先生的剧作演出或者剧本的时候,眼前会时时出现作者的音容笑貌。他的剧作立足于弘扬真善美,哪怕是具有批评性质的《红烛泪》《对门邻居》这样的剧作,也仍然播洒着阳光与温暖。剧中体现真善美的人物居于戏剧冲突的主导地位,左右着情节的进程。对于一些落后的不那么美好的东西,作者以居高临下的角度俯视,做了喜剧性处理。这样,没落的、与历史的前进脚步不和谐的东西就成了真善美的陪衬,起到了增强感染力、强化观者印象的作用,戏的整体效果总能让观众感到亲切、温暖。如此把握生活、表现生活,正与李泓先生本人的达观、脱俗密切相关。

让我忘不了的李泓先生的机趣,更是流淌在他的所有剧作中。我想,就以他的代表作《农家媳妇》为例说说我的感受吧。这个剧目是歌颂优秀传统道德——孝道的。其谋篇布局就很有机趣。全剧没有简单地颂扬孝道,设置了六个人物。妯娌二人——周玉兰、贾香香,周玉兰极其孝顺,贾香香极其不孝,在批评中树立,在对比中强化,让观众对周玉兰美好形象的印象更加深刻。还有两个人物:贾香香的弟弟贾松山,一个复员军人;贾香香的儿子小宝,一个少年。这两个人物与贾香香有很近的血缘关系,又都是贾香香的反对者和批判者,这样,对贾香香不孝的批评和否定就更加有力,而且会在严肃中流露出喜剧味道。另外两个人物是袁石磨和袁大妈,夫妻二人,年老力衰,是贾香香与周玉兰的公公和婆婆。这两个人物,作者也并没有让他们一直逆来顺受,常常会有一些小反抗,为全剧增添了喜剧元素。全剧的人物配置,有利于主题开掘、人物塑造,有利于营造悲喜交集的气氛,不少地方能让观众流着眼泪笑,显示了整体构思的机趣。

在每一个场面、每一个段落,我们也都能看到作者表现出的机趣。例如第一场,一开场就是贾香香担心公公婆婆来家,而公公婆婆却真的来家了,于是贾香香就把公婆关在了门外。接着,二儿媳周玉兰找公公婆婆来到门前,贾香香的弟弟贾松山走亲戚来到门前,矛盾展开。贾松山充当调解人,他同情周玉兰,连引导带忽悠,用抓阄的方法,让姐姐贾香香抚养多病的公公,让周玉兰抚养健康的婆婆。这一场戏完成了这样几个任务:第一,介绍了人物和人物关系,全剧六个人全部上场,并对每一个人物的基调做了定位。第二,开启了矛盾冲突,周玉兰对公婆的孝敬与贾香香不孝的冲突,贾香香应当承担的责任与她极力推脱的冲突,一下子推到了观众面前。第三,预示了后来的矛盾冲突,引发观众的注意。贾香香口头上承担了抚养公爹的责任,但内心十分不满,说了一句半截话"只当养条——"。她的公爹说:"贾香香,你说我是一条狗,我也要在你家汪汪两声,让大家知道,这就是我的大儿媳妇!"二人杠上了,有戏看了,观众的期待也被强化了。通常说,戏的开头是很难的,功力不深的作者往往顾此失彼,交代了人物和人物关系,来不及引发冲突,唤不起期待。而李泓先生这出戏的开头可以说一石多鸟,又写得集中凝练、风趣鲜活,尽显作者机趣。

在人物性格的处理上,也很充分地显示了李泓先生的机趣。贾香香是个讨厌的人,由于作者设计了她的同胞弟弟反对她,她的亲生儿子反对她,常常让她陷入尴尬境地,由令人讨厌变成了具有喜剧色彩的人物。袁石磨是个年老多病、不受贾香香待见的人物,很可怜,但是作者给他设定了一种性格,有点一根筋;也设计了他对贾香香的一种心理,癞蛤蟆趴到脚面上,不咬你也要恶心你。这样,就使这个本来可怜、有可能给观众形成压抑感的人物具有了相当充分的喜剧性。贾香香是个被推得很远的人物,为的是强化冲突,强化情感力度。但是这样做往往会造成人物转变的困难,如果硬要其转变,又会欠缺真实性。李泓先生是个具有机趣的人,他用两个细节,举重若轻地让人物转变过来了:一个是贾香香的儿子小宝,当着她的面说:"我娶媳妇就娶俺妈那样的,也逼得俺妈喝农药。"这不能不引起她心理上的震撼。另一个是,她知道了她弟弟贾松山的命就是周玉兰的丈夫救的。这对她也是一个震动。这种智慧的处理,既不减弱戏剧的冲击力,又能使人物的转变顺理成章,自然而然。

李泓先生在语言上的机趣更是在作品中处处闪现。袁石磨一出场,想起大儿子不孝,有点埋怨老伴儿,唱词是:"种麦子你咋给我出棵秫秫苗?"贾松山爱上了周玉兰,周玉兰却要给贾松山介绍对象。贾松山要表达对周玉兰的爱又不便直说,作者给了这样的唱词:"我不讲模样俊来模样丑,像嫂子贤惠又温柔。要不然,你,你——你给我克隆一个周玉兰;要不然——要不然,我光棍儿一条走到头!"这些唱词,若无机趣,搜肠刮肚不能为也。

清代戏剧家李渔在《闲情偶寄·词曲》中有这样一段话:"予又谓填词种子,要在性中带来。性中无此,做杀不佳。人问:性之有无,何从辨识? 予曰:不难,观其说话行文,即知之矣。说话不迂腐,十句之中,定有一二句超脱;行文不板实,一篇之内,但有一二段空灵。此即可以填词之人也。"李渔说的填词之人,就是戏剧作者。在他看来,戏剧作者要有天赋,要有宿根。从李泓先生多篇戏剧作品的谋篇布局、人物塑造、语言技巧等来看,他是具有戏剧创作天赋的。加上他生活积累丰厚,创作态度严谨,锲而不舍,孜孜不倦,所以能佳作不断。尽管已是八十多岁高龄,但老骥伏枥,壮心不已,思维敏捷,精力充沛。我们完全可以在欣赏其佳作的同时,翘首期盼他新的佳作问世。

（刘景亮,河南鹿邑人。河南省文化艺术研究院研究员,著名戏剧评论家、文艺评论家。学术著作颇丰,见解独到,成就斐然。对豫剧"渊源与流变""当代的进程""美学品格"等有着系统而精到的研究,是河南省戏剧评论界的领军人物。）

序二　弘扬中华真善美：喜读家乡伟岸作家李泓先生剧作有感

高有鹏

开春时节，我接到家乡托我为程氏族谱写序的任务，感触甚深，查阅相关的文献和家乡的记忆，知道他们是程门二圣的后人，所以向这些乡亲致意！今拜读家乡厚德载物的作家李泓先生的剧作，同样感动，盛赞其伟岸！

先生为李姓，当为老聃的后人，让人联想到《道德经》，其述说文化：道可道非常道，名可名非常名，无名天地之始，有名万物之母。李泓先生的剧作所写内容，就是典型的无与有的真实善良美丽，尤其是他着力书写的农村生活，刻画出乡村生活中美丽的女性，像媳妇、嫂子、巧妹等等，把乡村与人为善的女性置于改革开放的大潮中，表现出她们生活的酸甜苦辣。深刻的思想是生活感悟的美妙体现，李泓先生有深厚的文化底蕴，有真诚的热爱，所写人物栩栩如生。相比当前文化热衷于多媒体的表现方式，把人工智能等虚拟的畅想视为神乎其神的艺术，这固然有美好的愿望，而生活是丰富多彩的现实，需要脚踏实地，所以，乡村相关的历史就更有特殊的文化价值。

读李泓先生的剧作，我更深刻地体会到乡村的真实就是世界的典型，就是艺术的真挚，就是文化自信的底蕴。李泓所写乡村生活之典型，在事实上表现出人类文明形成生活的具象。其中的乡村妇女多以麦为名，标志着中华民族对人类文明的吸收和融入。考古学表明，麦最早出现在西亚,商周时期传入中原,剧本中的"麦收"等名字,就是中原民俗的典型,显示中国文化与人类文明共同体的艺术真实。这也说明,李泓写的是家乡的村庄,其相连的是历史文化,是人类文明在现实生活的具体典型。这也表明,生活是艺术的源泉,大河奔腾,滋润人生,生活才有真、善、美,才能成为文明的家园。

李泓先生的剧作是家乡项城的光荣,由此我想起汉代刘秀在南阳的传说,想起应劭在大乱之时写出治国理政的《风俗通义》,也想起高风亮节为人赞颂的张伯驹,他们属于家乡,属于中原,属于中国文化!期望家乡的美好日新月异,经常欣欣向荣!

（高有鹏,历史学博士,上海交通大学媒体与传播学院教授,博士生导师。出版著作主要有《中国民间文学史》《庙会与中国文化》《神话传说与民族记忆》《马克思主义民间文艺学》《中国民间文艺思想史论》等,出版长篇历史小说《清明上河》系列等,出版《大篆论语》《大篆道德经》等。）

序三　词为曲之本　情为戏之魂

——为李泓戏剧唱词谱曲之感受

刘　坦

　　"不识朱砂当红土,怀才不遇落菱湖。"这是五十多年前李泓先生创作大型豫剧《高路入云》中的两句唱词。此两句,把一个不知天高地厚、狂妄无知的小青年活生生地展现给了观众。用词之精练,达意之准确,特别以"朱砂""红土"作比喻,更是耐人寻味。

　　《乐记》上说:"乐者,音之所由生也。其本在人心感于物也。"意思是说度曲人受到词的刺激后,产生一种节奏和冲击力,这种节奏和冲击力与音调相结合就形成了理想的曲调。《农家媳妇》中袁石磨初上场的第一句唱词"叹如今一身病越发烦恼",其要表达的意思是自己一身病的痛苦。类似这种表达感情的唱词,在以往很多剧目中并不多见,一般常用"现如今"或"看如今""到如今""至如今"等,而李泓先生用的是"叹如今",这一个"叹"字比前面所用的"现""看""到""至"都厚重得多,深沉得多。它隐含着多少委屈,多少无奈,多少痛苦!从而又引发了观众对人物、剧情预知的欲望。紧接着一句:"想当年我也是好汉一条。"在这里,我用了[栽板]转[慢板],把袁石磨自己当作一条好汉介绍给了观众。作为当代的一个普通农民,有什么惊人之举能够称得上人们心目中的"好汉一条"呢?且往下看:"大炼钢铁三百棵树我一夜砍倒,学大寨填坑造田我一干一个通宵。"我们脑子里出现这样的画面:月夜,树林里,一个人大汗淋漓在不停地砍树。唱腔由砍树的有力节奏,转变为舒缓的慢板花腔,旋律由高音区平稳地进入中低音区,在抒情优美的声腔陪衬中,袁石磨车拉肩扛,一趟一趟地运土,学大寨填坑造田,他一干就是一个通宵!这就是作者笔下20世纪五六十年代农民袁石磨们的缩影。多好的农民啊!他们勤劳肯干,不计报酬,一心一意为国家、为集体,长年累月劳累了大半辈子,落下了一身疾病,塑造了一个可亲可敬、真实可爱、称得上英雄的农民形象。紧接着作者笔锋一转,"几十年如一梦转眼过了",——随着唱词的转变,唱腔也从[慢板]转为[二八板]。为了渲染袁石磨的复杂心情,唱腔做了精心设计。这句唱词包含着几十年的漫长岁月,又宛如一梦醒来的瞬间即逝。既有几十年的慢,又有"转眼过了"的快,如果用较快的旋律处理,显然不够理想,明显地感觉回忆不足,更无如梦意境。为使旋律表述的感情更加准确,更加美好地渲染唱词的厚重意境,我把旋律由高音区进入中音区,并在其间回旋。在词的排列上有意扩大了间距,节奏上延伸了音符的时值,较快处理用了三小节半,延伸处理用了八小节半,共二十拍。通过音符的延伸,明显地突出了"几十年如一梦"漫长岁月的深沉与遥远。特别是"转眼"的"眼"字,一个音符就拖了两拍半,在"转"字上连续使用了两次偏音,使旋律似有短暂离调而造成调性的游移,从而使曲调产生朦胧如梦的感觉。正当观众沉浸在梦幻般境界中时,唱腔异峰突起,经八度大跳至高音区,情绪陡然激动的袁石磨,从当年的一条好汉,瞬间转变为眼前一身是病、好儿早亡、大儿媳不孝、自己又丧失劳动能力的无奈老人,在绝境中迸发出一声强烈的呐喊:"老天爷报复我咋不依不饶!"为了揭示袁石磨的内心苦痛,这里特将"不依不饶"连唱三次,但三次唱腔的情感各有不同。第一是愤,愤的是老天对他不公;第二是无奈;第三是挣扎的呻吟。如此,就把袁石磨前半生"好汉一条"的经历过渡到"叹如今"的困顿之中,给人物注入了丰厚的内在情感!

李泓先生剧本唱词写得好是我所熟悉的业内同人皆认可的。他词写得好,不仅仅是因为他文学积淀深厚(他的小说及古诗词都有功底),更多的是他对戏剧的热爱。他努力去学习中华民族传统戏剧的瑰宝,研究全国各个剧种的流派、剧本的结构、剧中人物行当与唱腔的特色,并巧妙地运用到自己的戏剧创作中。更难能可贵的是,他把传统程式创造性地运用到现代戏的创作实践中。如《农家媳妇》一剧中,袁石磨为不再拖累周玉兰,用拒绝吃药并给周玉兰下跪的方式逼其改嫁。这一情节的发展顿时把剧情推向了高潮。此时作者采用了豫剧并不常用的板式[滚白](也有叫[哭滚白]的)来表达周玉兰万般感慨又无言以对的复杂心情:"爹爹你欲跪在儿媳面前,让儿媳我心滴血、肝肠断,满腹话语口难言,我今后咋站在村人前?"在传统戏剧中[滚白]是专用于心情极度悲痛时的一种板式,在现代戏中并不常用。在情节发展到高潮时,李泓先生有意识地把[滚白]派上用场,恰如其分。足见李泓先生对豫剧传统唱腔板式运用得得心应手。

几十年来,李泓先生认真学习传统,研究传统,继承传统,但并不拘泥于传统。他创作的唱词都是在遵循传统的基础上,根据人物感情的需要,格式也随之有所突破。比如剧中,周玉兰遭受贾香香的恶意攻击后,情绪异常激动,当唱到"更思念,抹不去,忘不下,叫不应,唤不回,我的好文华"时,把周玉兰的情绪推到了极点,随着较长的过门,让周玉兰的情绪逐渐地平静下来,接着唱:"文华啊,你是一片云,你就停一停;你是一阵雨,你就狠狠地下;你是一声雷,你就炸个响;你是一阵风,你就轻轻地刮。"这几句唱词,前四句为十字句,后两句为两个叠句。豫剧十字句唱词为"三三四"结构,而这段唱词的前四句虽然也是十字句,但结构不同,突破了"三三四"的结构,而是"二三二三"的结构。由于唱词对仗工整,语言优美,含意深厚,听起来不但没有一点别扭,反倒觉得非常顺畅,同时还有一种新鲜感。更巧的是用"云、雨、雷、风"这种农民熟悉的大自然的景象抒发周玉兰对丈夫强烈的思念之情,细品词意让人潸然泪下。意想不到这以景抒情的方法竟有如此大的魅力!这也验证了王国维大师的一句名言"一切景语皆情语也"。

为了更突出剧中人物,在唱词上下功夫是李泓先生作品成功的又一重要因素。豫剧唱词基本多是十字句、七字句、五字句,如何突破,就看作者根据人物的需要及其创作的水平了。唱词既要押韵合辙,又要朗朗上口,俗中见雅。说起来容易,实则不是那回事儿。作为一个喜欢豫剧的谱曲者,我只有这样讲,李泓先生几个剧本的唱词,我喜欢为之谱曲。

(刘坦,1950 年生,12 岁考入淮阳专区剧改实验工作队,便与豫剧结下了不解之缘。对豫剧流派的特点和唱腔潜心进行了研究和探索。先后为 30 多部大型剧本谱曲,如《沙家浜》《红色娘子军》《白毛女》《槐树庄》《红云岗》《迎春花》《白求恩》《红灯照》《画皮》《农家媳妇》《农家嫂子》《典妻》等。所谱曲的特点是演员唱着好唱,观众听着好听。)

自序 一往情深到农家

李 泓

　　自小喜爱文学。1956年,我创作的小戏《一篮红薯干》被当时申凤梅所在的项城县越调剧团排演。1957年3月,正在沈丘上师范的我在《河南日报》发表了我人生中第一篇小说。参加工作后让我到戏剧工作室(简称"戏工室")工作,这是县里唯一一个专业创作单位。它的主要任务是搞戏剧创作,为剧团写本子。这就给了我去研究戏剧、学习戏剧创作的时间与机会。

　　在某些人看来,写剧本不是文学创作。细想,关汉卿的《窦娥冤》、汤显祖的《牡丹亭》、孔尚任的《桃花扇》、王实甫的《西厢记》等,何尝不是文学作品呢?

　　我买了各个剧种的演出资料,尤其是京剧。我认真看了京剧四大名旦、四大须生等百部作品。这一看,把我的心灵撞击得很厉害!中国戏剧如中国的书法、国画那么空灵,那么写意,那么荒诞,有着浓烈的中国味道!

　　作为长期生活在基层的创作人员,我知道农业的春夏秋冬,知道农村的摇耧撒种,知道农民的酸甜苦辣,更知道农村女性的艰辛、质朴和博大襟怀。这就让我有了一个愿望:一定要为农村写戏,为农民写戏,为农村女性写戏,写能在农村上演、农民爱看的戏。

　　改革开放让我的创作思路更加活跃。四十多年来我写了多个大戏、许多小戏小品和许多曲艺作品,写了农民在改革开放初期的困惑和迷茫,写了农民对美好生活的向往以及在建设宜居宜业、和美乡村中付出的心血和汗水。2002年我创作了第一部豫剧现代戏《农家媳妇》,荣获河南省第一届县(区)级戏剧大赛金奖。2008年我创作了《农家嫂子》,荣获河南省第二届县(区)级戏剧大赛金奖。2016年我又创作了《农家巧妮》,戏称这三部戏为"农家女性三部曲"。

我喜欢传统舞台上一桌两椅,"三两步走遍天下",尽力把舞台空间留给演员。我喜欢传统剧中人物的简洁,"七八人百万雄兵"。"农家女性三部曲"剧中人物都比较少。在结构上我力求简略,语言上力求保持乡土气息,唱词上力求口语化、生活化、诗性化,使剧本也具有文学的可读性。

可我,眼高手低,心有余而力不足。作品也不少,能够让自己满意的却不多。无奈,写些打油诗自嘲自嘲,找点自我安慰。其中一首诗曰:

> 人琐言轻檩作梁,寻常反要不寻常。
>
> 力薄硬去托坯块,脑笨偏忙写大章。
>
> 畦上长莎难当菜,猪脖安角不成羊。
>
> 经年如狗看人矮,不改初心还恁狂!

CONTENTS

目　录

农家媳妇(豫剧现代戏)　　　　　　　　　　　　　001

　　一台好戏的魅力　　赵玉环　　　　　　　　044

农家嫂子(豫剧现代戏)　　　　　　　　　　　　047

　　我演《农家嫂子》　　尹美娜　　　　　　　085

农家巧妮(豫剧现代戏)　　　　　　　　　　　　089

对门邻居(豫剧现代戏)　　　　　　　　　　　　121

红烛泪(豫剧现代戏)　　　　　　　　　　　　　151

妈妈,再陪我一会儿(河南坠子小品)　　　　　　191

一个都不能少(戏剧小品)　　　　　　　　　　　199

我是贫困户(戏剧小品)　　　　　　　　　　　　207

守住这个家(戏剧小品)　　　　　　　　　　　　215

门里门外(戏剧小品)　　　　　　　　　　　　　225

把娘还给爹(戏剧小品)　　　　　　　　　　　　235

夫妻进城（戏剧小品） 245

亲家母斗嘴（戏剧小品） 253

让人民回答（话剧小品） 261

附一 皓首童心系戏魂 宫 林 268

附二 敢将十指夸针巧 不把双眉斗画长 王中华 273

豫剧现代戏

农家媳妇

本剧荣获河南省第一届县（区）级戏剧大赛金奖和河南省第三届"黄河杯"戏剧金奖、最佳叫座奖以及剧本、谱曲、舞美、伴奏、灯光、演员等共十四项大奖。

项城市豫剧团首演

谱　曲——刘　坦

周玉兰——赵玉环饰

贾松山——刘东松饰

袁石磨——高　峰饰

贾香香——赵雪荣饰

袁大妈——熊金兰饰

袁　宝——张　亮饰

时间：当代

地点：农村

人物：周玉兰，女，二十八岁，袁石磨二儿媳。

贾松山，男，三十多岁，贾香香之弟，复员军人。

袁石磨，男，六十多岁，老村干部。

袁大妈，女，六十多岁，袁石磨之妻。

贾香香，女，三十多岁，袁石磨大儿媳。

袁　宝，男，十岁，贾香香之子。

第一场 | 抓 阄

〔幕后合唱：世讲真情情换情，

人讲良心心换心。

农家媳妇感人事，

中华美德传乡村。

〔幕启。 贾香香家门里门外。

贾香香 （边喊边上）小宝，小宝！

（唱）俺的新房刚起工，

病老头子就把主意生。

（夹白）病老头子是谁？ 他是俺公爹！

（唱）放出风要搬到俺家住，

（夹白）问我让住不让住。

（唱）不中不中不中！

一百个不中！

袁　宝 （上）妈，你喊我？

贾香香 都啥时候了，还不快上学去！

袁　宝 俺爷跟俺奶来了，我等等他们。

贾香香 恁爷恁奶要来？ （进院关门）

袁　宝 妈，你关门弄啥？

贾香香 大人的事你别操心，快上你的学去。

袁　宝 哎！（下）

　　　　　　〔贾香香把小宝哄下急忙关门。（下）

　　　　　　〔袁石磨拄拐杖上。

袁石磨　（唱）叹如今一身病越发烦恼，

　　　　　　　　想当年我也是好汉一条。

　　　　　　　　大炼钢铁三百棵树我一夜砍倒，

　　　　　　　　学大寨填坑造田我一干一个通宵。

　　　　　　　　几十年如一梦转眼过了，

　　　　　　　　老天爷报复我咋不依不饶！

　　　　　　〔袁石磨一个趔趄，袁大妈急上，搀扶。

袁大妈　（唱）你的腰腿疼多年没治好，

　　　　　　　　文革他这次回来就该把你瞧。

袁石磨　（唱）两个儿一个劣来一个好，

　　　　　　　　好儿早早去，劣儿不养老，

　　　　　　　　难道说他俩不是一母同胞？

　　　　　　　　你怀着小文革咋不把他计划掉？

袁大妈　（唱）我几次去医院你都把我阻挠。

　　　　　　　　子不孝多娇惯是你自找！

袁石磨　（唱）种麦子你咋给我出棵秫秫苗？

　　　　　　　　到如今讲科学我信了胎教。

袁大妈　啥子胎教？

袁石磨　你忘了？　你怀着他的时候，整天斗斗斗，到处跑跑跑……

袁大妈　他个小劣种，也整天踢踢踢，闹闹闹——

袁石磨　（唱）这孩子在娘胎里他就学会孬！

袁大妈　现在他可光棍了，在广州一个什么厂里当什么长哩。

袁石磨　他就是当上联合国当秘书长，我也是他爹！

袁大妈　别说了，到了。

　　　　　　〔袁大妈敲门。

贾香香　（不耐烦地）谁呀？

袁大妈　是我，跟恁爹过来看看。

贾香香　都好好的，看个啥。

袁大妈　听说——文革回来了？

贾香香　又走了。

袁石磨　又走了？这个孬种，明知我有病，回来也不看我一眼！

贾香香　你想着挣俩钱就那么容易呀，端人家的碗，服人家管，老板一个电话，他连夜又赶回去了。

袁大妈　老大家，别说俺是你的公婆，就是个要饭的，你也该开个门缝儿，打发句话吧。

周玉兰　（上）爹，你的腿还疼着，咋到这儿来了？

袁大妈　他非来看看不中。

周玉兰　爹，药给你熬好了，咱回去吧！

　　　　［贾香香高兴地暗下。

袁石磨　（气愤地蹲在门口）我就等在这儿，我就不信她一辈子不开门！

袁大妈　你那老拗筋脾气又上来了，你觉得玉兰弄俩钱给你看病是那么容易？你忍心叫她为你作难？

　　　　［三人欲下，贾松山上。

贾松山　玉兰嫂！

周玉兰　是松山兄弟回来了。

贾松山　我复员了。嫂子，这就是大伯大妈吧？

袁大妈　你是……？

周玉兰　（对着大妈）他叫贾松山，文华牺牲时我去部队，是他接待的我。

袁石磨　知道，知道，是小宝家舅。

贾松山　嫂子，俺姐她——不在家？

周玉兰　俺嫂子她……

袁石磨　玉兰哪，咱回去吧！

袁大妈　是啊，是啊，恁爹还得回去吃药呢。

贾松山　大伯大妈，您二老先别走。（气愤地敲门）

贾香香　（没好气地上）谁使恁大劲敲门，来报丧的呀！

贾松山　姐！听你说的啥话！

贾香香　（听出声音，忙开门）哟，是俺兄弟回来了。（拉住贾松山
　　　　欲进院）

贾松山　姐，你看外边还有谁？

贾香香　啊，爹，娘，是你们来了，咋不早喊门呀！

贾松山　回来我就听说了，今天我又看到了，姐，
　　　　（唱）在部队受教育这么多年，
　　　　　　　也懂得道理是直还是弯。
　　　　　　　我问你两位老人该咋办？

贾香香　（唱）俺的家务事不用你插言。
　　　　　　　他们和玉兰住的是老宅院，
　　　　　　　我盖房也没给我一分钱。
　　　　　　　分家时我没分到半根筷子一个碗，
　　　　　　　养公婆她就该大包大揽一人担，——与我无关。

袁大妈　（唱）恁爹有病这么多年，
　　　　　　　花的都是玉兰省吃俭用零攒的钱。
　　　　　　　难道说你不该管一管？
　　　　　　　这个理儿你也打个颠倒颠。

贾香香　（唱）俺兄弟抚恤金就有好几万，
　　　　　　　爹治病就该花那钱。

贾松山　（唱）抚恤金在部队她已捐献，
　　　　　　　帮助了失学儿童重返校园。

周玉兰	（唱）那也是文华他生前心愿，
	若有知他也会心意甜甜。
贾香香	周玉兰，你做得好呀！
周玉兰	嫂子，为社会做贡献，对父母尽孝心，有啥不好？
贾香香	好好，社会上你落个光荣，家庭里你落个孝顺，把钱糊弄完了，不去找国家，找到我门上来了！
贾松山	姐，你说出这样的话，就不怕村里人笑话你！
贾香香	好了，好了，别在姐面前唱高调了。
贾松山	姐，这叫唱高调？（按住气）姐，两位老人把玉兰当闺女看，这闺女总不能守着爹娘一辈子吧？ 你房也盖好了，我劝你还是把老人接过来住。
贾香香	既然俺兄弟说了，我就给兄弟个面子，俺实行责任承包，叫俺娘跟我一个锅。
贾松山	姐，你还不傻哩！ 大妈身体好，肯下力，会做饭，能养鸡，还是个不用电的环保洗衣机，你耍这聪明大家都能看出来。
周玉兰	松山，
	（唱）俺哥他外出打工多少年，
	嫂子她一人在家也不清闲。
	小侄年幼需照管，
	盖房子又花了不少钱。
	让二老分开住也不方便，
	何必叫外人说闲言。
贾松山	姐，你看人家玉兰，处处都在为你着想。 俺哥在外企打工，一回来也是"英格里西古得白"的，如果连个病爹都不养活，要叫老板知道了，人家对俺哥会是啥看法？
贾香香	那……？
贾松山	别这啦那啦，我有个办法——

贾香香　你会有啥办法！　就按我的办法——抓阄！

周玉兰　抓阄？

袁大妈　啥子叫抓阄？

袁石磨　抓阄就是捏纸蛋儿。

周玉兰　嫂子，咱不能这样做，人家会笑话咱的……

袁石磨　啥都不讲了，你们就抓吧！

贾香香　（拉松山）兄弟，你可多长个心眼儿呀。

贾松山　你是俺亲姐哩，我会不向着你？

贾香香　你把两张纸上都写上"妈"，让我先抓。

贾松山　好，好！

周玉兰　（向松山）松山，你把两张纸上都写上"爹"，让我先捏。

贾松山　中，中！

　　　　　〔贾松山掏笔写字。

袁大妈　（唱）众人面前扬家丑，

袁石磨　（唱）事到如今你也别顾羞。

贾松山　（唱）虽说是市井百态啥都有，

　　　　　　　　没见过儿养老子也抓阄。

周玉兰　（唱）我看见爹爹心难受，

　　　　　　　　文华呀，你年纪轻轻不该走，

　　　　　　　　撇下了父母双亲谁人养来谁人收？

贾松山　（唱）恁妯娌两个谁先下手？

周玉兰　我……（上前欲捏）

贾香香　（急抢先）我先抓！

　　　　　（唱）我心里有底儿不发抖，

　　　　　　　　任咋也不会抓着那个病老头儿！

　　　　　（贾香香打开纸蛋儿，大惊）这是咋啦？（质问贾松山）这

　　　　　是咋啦？

［在贾香香观看纸条的当儿，贾松山趁机调换了地上的纸阄。

贾香香　不中！　我看看那个！

贾松山　你去看看吧！

贾香香　（拾起另一个打开）哎呀我的妈呀！

贾松山　姐，你可不能反悔呀！

贾香香　（气急败坏地）谁反悔啦？　既然抓着他，只当养条——

贾松山　（斥责地）姐！　你想说个啥！

袁石磨　松山，你姐不讲，大家也都知道她要说个啥。（向贾香香）贾香香，你说我是一条狗，我也要卧在你家门口汪汪两声，让大家知道，这就是我的大儿媳妇！

　　　　　［灯暗。

第二场　│　探　　望

　　　　　［一个月后。　贾香香家。

袁石磨　（下身围个被单上）老大家，老大家！　唉！

　　　　　（唱）看太阳已有九点钟，

　　　　　　　　我喊破嗓子也不应声。

　　　　　　　　早起她睡到日过午，

　　　　　　　　过了午她又去美容厅。

　　　　　　　　夜里她坐上麻将桌，

　　　　　　　　一来都是到天明。

煤火灭了她不管，

想吃药摸摸水瓶个个空。

昨晚上我喝了半碗剩稀饭，

闹得我一夜不安生。

裤子弄脏不能穿，

没办法，我围个单子挡挡风。

袁　宝　（掂兜香蕉上）爷，你这是演的什么电视剧啊？ 像个非洲
　　　　　人。

袁石磨　宝宝，你爷我真会演电视剧就好了，当个电视明星，还怕没
　　　　　人养活！

袁　宝　爷爷别怕，我好好上学，等我大学毕业挣了钱，我养活你。

袁石磨　俺孙子的这句话比蜜还甜哩！

　　　　　（唱）老天爷造人造得能，

　　　　　　　　咋就造个隔辈儿疼。

　　　　　　　　一月来烦烦恼恼心意冷，

　　　　　　　　见孙子喜上眉梢病体轻。

　　　　　（白）宝呀，今儿个没上学？

袁　宝　今儿星期了。 爷爷，看我给你拿的啥？

袁石磨　香蕉？

袁　宝　嘘——（小声地）这是俺妈给我买的，我给你拿来了。

袁石磨　好孙子，留着你自己吃吧。

袁　宝　我是给爷爷拿的。 爷爷，我给你剥一个，尝尝甜不甜？ （剥
　　　　　香蕉欲送爷爷口中）

袁石磨　爷爷现在不吃。

袁　宝　你准是给俺奶留着哩。

袁石磨　唉，已经一个多月没见恁奶了，想她了……

袁　宝　要不我把俺奶叫来跟你说说话。

袁石磨　上一次你奶来，你妈就没让进门。

袁　宝　俺妈又打麻将去了，一打都是一夜不回来，我也想俺奶了，我喊俺奶去，来跟你说说话。

袁石磨　宝呀，你把这几件脏衣服拿去让恁婶给我洗洗，再给拿条换洗裤子来。

袁　宝　爷爷，你没穿裤子呀？ 快坐床上去，别冻着了。（扶袁石磨下）

周玉兰　（携包袱上。 喊）嫂子！

袁　宝　（跑上）婶婶来了。

周玉兰　恁妈不在家？

袁　宝　俺妈又打麻将去了。

周玉兰　恁爷哩？

袁　宝　俺爷昨晚上拉肚子，把裤子弄脏了，还围着单子在床上坐着呢。

周玉兰　快把这条裤子给恁爷拿去，别让恁爷冻着了。 把脏衣服给我拿来。

袁　宝　好！（接衣服下）

贾松山　（上）玉兰嫂，来看大伯的吧？

周玉兰　来给俺爹送几件换洗衣服。 松山，俺爹住到这院，也让你操心了。

贾松山　大伯名义上住在俺姐家，实际还是你操心多。

袁　宝　（自室内拿脏衣服上）舅舅来了。

贾松山　恁爷爷的换洗衣服？

袁　宝　俺爷爷的换洗衣服都是俺婶洗的。（递与周玉兰）

贾松山　恁妈天天干啥？

袁　宝　俺妈天天打麻将。

贾松山　去，把恁妈叫回来！

袁　宝　哎！（下）

周玉兰　（欲追袁宝）

贾松山　（拦住周玉兰）嫂子，我正要找你呢。

周玉兰　你找我有事儿?

贾松山　有个刺绣厂的老板是我战友的父亲，愿意帮忙协助咱办个分厂。

周玉兰　看我赤手空拳的，没那个能耐。

贾松山　机器、原材料全是他们提供，人家还要派人为咱培训技术哩。

周玉兰　松山，我先谢谢你啦。

贾松山　玉兰，人家是因为你，才伸出援助之手的啊！

　　　　（唱）这村讲，那庄谈，

　　　　　　　乡亲们都夸你周玉兰。

　　　　　　　孝敬公婆人称赞，

　　　　　　　事迹传到了县妇联。

周玉兰　你这应兄弟的，一回来就出你嫂子的洋相。

贾松山　我刚从县里回来，你看，县妇联表扬你了。（掏出文件欲让玉兰看）

贾香香　（上，醋意地）松山，你咋又来了?

贾松山　姐，你又打麻将去了?

贾香香　闲着没事儿。　我……

贾松山　你没事儿?　俺哥不在家，家里老的老、小的小……

周玉兰　（上）嫂子一个人在家，怪没意思的，也该去娱乐娱乐。

贾香香　哟，玉兰也来了。

周玉兰　来给咱爹多送几件换洗衣服。　恁姐弟俩说话，我该回去了。

　　　　（欲下）

贾香香　（眼看着周玉兰手中的包袱，心存狐疑地）哎——

周玉兰　嫂子，有事儿？

贾香香　没……没事儿……

周玉兰　那——我走了。（又欲下）

贾香香　哎——

贾松山　你到底想说个啥？

贾香香　（拉贾松山背后）那个老头子趁我不在家，又给玉兰拿的啥东西？

贾松山　姐，你……！

周玉兰　松山，我明白你姐的意思，给，拿去看看吧。

贾香香　（打开包袱，香蕉从包袱中掉下）周玉兰，这是啥！

周玉兰　（惊诧地）这……？

贾香香　（拉周玉兰）走，到门上叫村里人都看看，这就是县妇联表扬的模范人物干的好事！

贾松山　（劝阻）姐，你先问个明白中不中？

周玉兰　嫂子，我真的不知道。

贾香香　要不就是那个糟老头子干的事儿，吃着我的，喝着我的，还偷着我的，我不能饶他！（欲进屋）

袁　宝　（上）妈，那是我偷偷地包在里面捎给俺奶吃的。

贾香香　乖乖，那是给你买的香蕉呀……

袁　宝　妈，

　　　　（唱）妈妈做事没道理，

　　　　　　　为什么总把爷爷欺？

　　　　　　　炒菜咸得难入嘴，

　　　　　　　爷爷吃稠你做稀。

　　　　　　　吃剩饭吃得爷爷拉肚子，

　　　　　　　脏衣服为啥不给爷爷洗？

　　　　　　　说你忙一天到晚不下地，

你怕累咱有自动洗衣机。

（白）妈妈呀，就不怕村里人议论你？

贾香香　议论我咋啦？　像我这样的媳妇多啦！

袁　宝　（唱）你就该向俺婶婶来学习！

贾松山　你看袁宝，比你还懂得事哩！

贾香香　人家是登过报的人物，我哪能跟她比呀！（掏火点烟）

贾松山　（生气地）姐，你看你那个样儿！

　　　　〔灯暗，舞台现出三组画面：后天幕如银屏，周玉兰在晾晒
　　　　衣服；一侧贾香香喷着烟雾圈；一侧贾松山与袁宝议论着什
　　　　么。

　　　　〔幕后合唱：同为农家女，

　　　　　　　　　　同样做儿媳，

　　　　　　　　　　为什么，为什么，

　　　　　　　　　　为什么为人处世有高低？

　　　　〔切光。

第三场　│　祭　宅

　　　　〔紧接前场。　袁石磨、袁大妈边说边上。

袁石磨　他娘，你咋来了？

袁大妈　是宝领我来的，说他妈又打麻将去了。

袁石磨　别看咱孙子人小，懂事儿啊！

袁大妈　玉兰说你拉肚子，挂念你啊！（袁大妈抹泪）

袁石磨　　（安慰地）挂念个啥，人老了就像那破汽车一样，不是油路不通，就是电不打火，能鼓捣着就中。

袁大妈　　你说得轻巧！玉兰要赶集给你买蛋糕，孩子也没钱，我没让她去。给，我蒸了锅包子，趁热吃一个。

袁石磨　　小宝疼我，给我拿的有好吃的，（拿出香蕉）来，你尝尝。

袁大妈　　你叫我吃了当啥，还是你留着吃吧。

袁石磨　　（剥香蕉）来，你吃上一口。

袁大妈　　还是你先吃一口。

袁石磨　　我……

袁大妈　　你不先吃一口，我吃不下啊！

袁石磨　　（唱）平日你总是谦让着我，

　　　　　　　　让着我吃来让着我喝。

　　　　　　　　今日里就让我喂你一口。

袁大妈　　（唱）这一口直甜到我的心窝。

　　　　　　　　只要你身体健康家平和，

　　　　　　　　我宁愿身上的肉任他们割，

　　　　　　　　——我步步都忍着。

　　　　　　　　（风声，雨声）

袁大妈　　听，外边下雨了，我还是回去吧。

袁石磨　　天这么黑，雨又这么大，你走个啥。我想跟你说说话哩。

　　　　　〔袁大妈摸索着点上蜡烛，霎时照红了二人的脸。

袁大妈　　那一年也是下着雨，咱俩在瓜庵里整整说了一夜话。

袁石磨　　是啊。常言讲秤杆离不开秤砣，老头儿离不开老婆儿，离开一个多月，心里还真怪想你哩。

袁大妈　　（高兴地）你……真想我了？

袁石磨　　（感慨地）想，想！

　　　　　（唱）乍离开心里头总空空洞洞，

袁大妈　　（唱）睡不着常让我想西想东。

袁石磨　　（唱）年轻时两个人也磕磕碰碰，

袁大妈　　（唱）吵两句骂两句那都是疼。

袁石磨　　（唱）想一想过了多少春夏秋冬，

二人合唱　　咱头上的白发添了一层又一层。

　　　　　　〔幕后合唱：风已静，雨已停，

　　　　　　　　　　　　星儿坠，鸟儿鸣，

　　　　　　　　　　　　两位老人难入梦，

　　　　　　　　　　　　朝霞染天天已明。

　　　　　　　　　〔在合唱声中灯暗，袁大妈、袁石磨退场。鸡
　　　　　　　　　叫，鸟鸣，灯光渐亮。

贾香香　　（没精打采地上）

　　　　　（唱）打麻将人本事多，

　　　　　　　　不怕冷来不怕热。

　　　　　　　　一泡尿憋了大半夜，

　　　　　　　　到天明不知饥来不知渴。

　　　　　　　　东西南北我轮着坐，

　　　　　　　　手气背得没法说。

　　　　　　　　算一算，三圈以后我没赢过，

　　　　　　　　一夜输了一千多。

　　　　　　　　输得我心烦意乱脾气躁，

　　　　　　　　看见啥都想踢一脚！

　　　　　（用脚跺砖头，不想弄疼了脚）哎哟——（手机响）文革，
　　　　　文革，你咋啦？出车祸了？你不要紧吧？酒后驾车，罚了
　　　　　几个钱？倒霉事儿咋会一个接一个呢！（进院，没好气地）
　　　　　爹，都啥时候了，还不起来整整院子扫扫地！

袁　宝　　（睡意蒙眬地）妈，你不会小声点儿，俺爷跟俺奶说了半夜

话，刚睡着，让他俩多睡会儿吧。

贾香香　（气急败坏地）咋？ 恁奶她……她住咱家啦？ 噫！ 这个死
　　　　老婆子!

袁　宝　妈，是我让俺奶住这里，你骂俺奶弄啥!

贾香香　啥？ 是你叫住这里？ 你……你……你小孩子家咋恁当家!
　　　　（追打袁宝）

袁　宝　（边躲边喊）爷! 奶! 俺妈她打我哩……
　　　　〔袁大妈、袁石磨披衣急上。

袁大妈　（急护袁宝）咋啦？ 咋啦？ 我跟恁爹有啥不好，恁跟俺
　　　　说，别拿俺孙子出气!
　　　　〔袁石磨把袁宝哄下。

贾香香　（唱）恁两个加起来一百多，
　　　　　　　　不该这样欺负我!

袁大妈
袁石磨　俺咋欺负你啦？

贾香香　（唱）你是故意装糊涂？（指袁大妈）
　　　　　　　　还是怕羞不敢说？（指袁石磨）

袁大妈　咦，俺有啥子不敢说哩？

贾香香　（唱）俺这房子刚盖好，
　　　　　　　　你咋跟俺爹躺一块儿？

袁石磨　（唱）昨天大雨像瓢泼，
　　　　　　　　天黑路滑泥水多，
　　　　　　　　和恁妈俺说了一夜话，
　　　　　　　　有啥不好有啥错？

贾香香　（唱）你污了宅子跑风水，
　　　　　　　　俺里里外外不平和。
　　　　　　　　文革他广州出车祸，

我一夜输了一千多。

这都是宅神降下祸，

今后叫俺还咋活？

袁大妈　文革他出车祸啦？

贾香香　不要你管！　今儿的事你得说个道道儿。

袁石磨　（唱）听你这么说，

对俺想咋着？

是用棍子打？

是用刀子剥？

是把俺送到监狱里？

是叫俺再给你盖一所？

贾香香　（油腔滑调地）打你我犯法，送你坐监狱我没权，叫你盖房你没钱！

袁石磨　（气极）你……！

袁大妈　老大家，你说叫俺咋办吧。

贾香香　咋办？　好办！　烧上香，摆上供，你给我磕头祭宅神！

袁石磨　你……

贾香香　我咋啦？　恁爹也好，娘也好，先放一边。　以后真有个好歹，我饶不了恁！

袁大妈　老大家，既然你把话说到这个份儿上，我就依你说的办。　只是敬神得心诚心敬，手脸干净。　你看我身上穿的衣服又脏又破，你容我回家换身干净衣服，带上香表果供，规规矩矩给你祭宅神……（掩面下）

袁石磨　他娘！（气急地对贾香香）

（唱）你、你、你胡搅蛮缠不讲理。

贾香香　我不讲理你讲理！

袁石磨　（唱）十里八村没见过你这样的儿媳！

贾香香　还是你袁家明媒正娶的咧!

袁石磨　（唱）苍天有眼看着你——

贾香香　看着我咋啦? 吃香的，喝辣的，还给你生个好孙子，还对不住你袁家?

袁石磨　贾香香，你不是信神信鬼吗?

　　　　（唱）欺父母就不怕天打雷劈?

贾香香　劈了我，叫恁儿再娶个年轻的，恁孙子可没娘了。

袁石磨　你……你……! 你家就是天堂，我也不住这儿了，我走!

贾香香　你不能走! 俺娘要是不回来，你得顶替他!

袁大妈　（上）老大家，给你祭宅神哩，我咋会不回来?

袁石磨　他娘你——

袁大妈　文革他爹，你还认得这件衣服吗? 你忘了，我生文革的时候，你高兴得偷着卖了两只鸡，给我撕了这件布衫，我一直舍不得穿。 今天给她祭宅神哩，我把它穿上了。

　　　　〔在袁大妈的叙述中，周玉兰上。

周玉兰　娘——

袁大妈　老大家，我穿上这身衣服，给你祭宅神不丢你的人吧?

周玉兰　娘，你换衣服的时候，我问你，你光流泪，就是不对我说，我不放心你……（为袁大妈擦拭泪水，向贾香香）嫂子，没咱爹咱娘，哪有文革文华? 你家我家，都是咱爹咱娘的家，咱爹咱娘住这院能有啥错? 你也该想想，小宝已经十岁了，你应婆子还能有几天? 到时候你媳妇也这样地对待你，你会咋想?

贾香香　（恼羞成怒地）周玉兰! 老二家，你说的是大实话，我有儿子，将来我要应婆子，那是我的本事，你有这本事也生个给我看看。 你是好人，可进门才一年，就把老二给妨死了，还说要侍奉二老一辈子。 想改嫁，谁要你呀，丧门星!

周玉兰　　嫂子——

袁石磨　　贾香香，你辱没了你娘，你又辱没玉兰，你……你……

贾香香　　咋？　你老公公还敢打儿媳妇呀？

袁石磨　　你……你当我不敢？

贾香香　　脸在这儿，打呀，你打呀！

　　　　　〔袁石磨无法再忍，顺手打了贾香香一耳光。

贾香香　　（先是一惊，后撒起泼来）四邻乡亲都来看哪！　他儿不在
　　　　　家，袁石磨可是欺负他儿媳妇的呀……

袁大妈　　他爹，一家人就别再闹了。　贾香香，我求求你，给你跪下磕
　　　　　头祭宅神还不中？

周玉兰　　娘，你不能这样做！

袁石磨　　我拉她上乡里讲理去，就是不能给她祭宅神！

袁大妈　　他爹，只要咱儿平安，咱孙子平安，叫我咋着都中。

贾香香　　（突然从地上站起，拿起香递给袁大妈）那中，给！

周玉兰　　（气愤地夺过香）

　　　　　（唱）嫂子你做事太过分，

　　　　　　　　怎能这样对双亲！

　　　　　　　　问世上谁人不是爹娘养？

　　　　　　　　没爹娘谁又能长成人？

　　　　　　　　乌鸦尚有反哺意，

　　　　　　　　羊羔跪乳报娘恩。

　　　　　　　　可是你，忘了骨肉忘了本，

　　　　　　　　竟逼着婆母祭宅神。

　　　　　　　　你对着天，对着地，

　　　　　　　　对着四邻众乡亲，

　　　　　　　　伦理纲常全不问，

　　　　　　　　你也该拍拍胸问一问良心！（气愤地摔香）

贾香香　（向周玉兰）我跟你没话。（拾香递给袁大妈）是你的事，
　　　　　就得你祭！

袁大妈　（手发抖地接过香）苍天啊！

　　　　（唱）可怜天下父母心，

　　　　吃苦受累为儿孙。

　　　　平日里她冷言恶语指桑骂槐我都能忍，

　　　　今日里含羞辱跪当院祭宅神我怎见乡邻？

　　　　［袁大妈从怀中掏出农药喝下，台上响起摔瓶的声音。

周玉兰　（呐喊地）爹，俺娘喝药了！

袁石磨　文华他娘！（扑向袁大妈）

周玉兰　娘！（急背袁大妈）

　　　　［切光。

第四场　｜　躲　祸

　　　　［乡野路上。

贾香香　（心事重重地上）

　　　　（唱）只怪我做事欠思量，

　　　　　　　为祭宅惹下祸一桩。

　　　　　　　我只说，躲到娘家少人讲，

　　　　　　　却不料，俺娘她又把我骂一场。

　　　　　　　俺娘说，恁婆子要是出了事儿，

　　　　　　　孩子乖，判你个无期也不冤枉！

　　　　　吓得我头上冒虚汗，

　　　　　腿软心发慌，

　　　　　我浑身上下上下浑身透心凉。

　　　　　这个娘逼我快回庄，

　　　　　赔不是去见见那个娘。

　　　　　恁说说，我这张脸往哪儿放？

　　　　　只觉得，没处掖来没处藏！

袁　宝　（随上）妈，你要不听俺姥的话向俺奶赔礼道歉，我还对俺
　　　　姥说去！

贾香香　大人的事儿，你别管。

袁　宝　我就是要管！

贾香香　小赖种，你还犟嘴啦！（追打袁宝）

　　　　〔贾松山上。

袁　宝　舅舅，俺妈打我哩！

贾松山　小宝，咋惹你妈生气了？

袁　宝　俺姥叫俺妈回家跟俺奶道个歉，俺妈她磨磨蹭蹭地就是不
　　　　肯。

贾松山　你妈恁大个人了，啥道理不懂啊！（背对贾香香）去那边
　　　　玩，我劝劝你妈。

袁　宝　（会意地下）哎。

贾香香　兄弟，这事儿——县里议论得怪厉害？

贾松山　电视台还要给你曝光哩。

贾香香　咦，别吓唬姐了，就俺这小小的家务事儿，国家也管哪？

贾松山　你逼着你公婆给你祭宅，差一点出人命，这事儿还小啊？

贾香香　那也不能全怨我。

贾松山　你公婆在你家住一夜，错啦？姐，
　　　　（唱）做错事还要去强词夺理，

为什么不反思你自己?

世上的好媳妇你不比,

你也该睁眼看看你的亲弟媳。

玉兰她一人能把家担起,

侍奉公婆尽心力。

为给公爹治病症,

省吃俭用求良医。

看看你,打麻将能输几千几,

为公婆块儿八毛也吝惜。

更不该把老人往死处逼,

啥不顾也得顾你自己的脸皮。

贾香香　（唱）咄,兄弟,你胳膊肘子咋往外拐?

为什么一屁股坐在她怀里,

是不是猫儿闻到鱼腥气?

甜言蜜语被她迷?

就算是姐姐输点理,

也不能变驴让她骑。

你对我一阵风来一阵雨,

姐姐我枉疼你这亲兄弟。

贾松山　姐,尊老爱幼孝敬老人是中华民族的传统美德,连幼儿园的
　　　　小朋友都知道——

贾香香　是呀,姐我连小孩儿都不如,难怪亲兄弟都跟我不一心。

贾松山　你这是啥话!

贾香香　实话!　抓阄那天我就看出来了,我让你写两个"妈"字,我
　　　　先抓,可你却与小寡妇串通一气,偏偏写两个"爹"字。　打
　　　　麻将你不会,你还会偷底摸张啦。　你以为我不知道?

贾松山　姐,俺姐夫在外企打工,一个月两三千块,为爹娘看病花俩

还不该吗？ 你看人家玉兰，一个人就靠那一亩三分地刨食儿，对老的……

贾香香　呃，你处处替她说话，是不是喜欢上她了？

贾松山　你胡说个啥！

贾香香　小弟，咱娘可是寡妇熬儿拉扯咱俩不容易，你可不能寻个二婚头。

贾松山　你咋越说越离谱儿！

贾香香　说着病，不要命，生气了不是？ 以前姐给你说几个，你都看不上，这回这个姑娘叫秀秀，高中毕业，不光模样俊，还心灵手巧，这机会说啥你也不能错过！

　　　　〔袁宝拿一束野花上。

贾松山　姐，一提说媳妇，我心里就有点怕。

袁　宝　舅舅，俺妈要给我介绍个花妗子？

贾松山　是啊！

袁　宝　那你怕个啥？

贾松山　我怕要给你娶个花妗子像你妈那样，还不把你姥姥气死呀！

袁　宝　舅，我跟你想的不一样，将来我要娶媳妇，就娶俺妈那样的，也逼得俺妈喝农药。

贾松山　姐，听到了吧，你可是培养出接班人了。

贾香香　恁俩也别气我。 小弟，你表个态，去不去？

贾松山　你把那姑娘夸得像朵花，我倒真想去看看。 可我这身打扮……

贾香香　那好办，你姐夫刚买一身名牌西装，还没沾过身哩，待会儿你去家穿上。

贾松山　秀秀这么好，我要是一见钟情喜欢上她了，是不是得有点表示？

贾香香　那当然，只要相中了，就得拿见面礼。

贾松山　可我这兜里……

贾香香　没钱是吧？姐给你两千少不少？

贾松山　现在的女孩眼高，两千是不是有点寒酸？

贾香香　那就再添一千。

贾松山　中，三星高照，是个吉利数。

袁　宝　舅舅，我也跟你相亲去！

贾松山　你凑啥热闹呀！

袁　宝　给舅舅当个参谋呗！

贾香香　中，回家给你舅舅拿钱相亲去！

　　　　〔三人下。切光。

第五场　｜　征　婚

　　　　〔数日后，周玉兰家。

　　　　〔袁石磨、袁大妈相互搀扶着上。

袁大妈　住了几天院，我这条老命又捡回来了。

袁石磨　你玩这一势，没吓唬住老大家，可把玉兰给吓坏了，你看把
　　　　玉兰给慌成啥了。

袁大妈　这些天，咱玉兰可瘦多了，一看见她，我这心里呀……

袁石磨　玉兰正煎着药哩，看见你哭，她心里不更难受？

周玉兰　（端药上）爹，药熬好了，喝吧。

袁石磨　（接碗的时候发现玉兰的手）孩子，你的手——咋啦？

周玉兰　不小心，碰了一下。

袁大妈　　孩子，你给娘说实话，你是不是又背着我和你爹去砖窑场干活儿了？

周玉兰　　娘，我年轻力壮的，多干点活儿，没啥！

袁石磨　　她去砖窑场干活儿？ 玉兰，我知道，装坯，垛砖，那哪儿是你干的活儿呀！

袁大妈　　我住院，你吃药，玉兰她为咱……（哭泣）

袁石磨　　（把药递给玉兰）这药，我不喝了！

周玉兰　　爹，俺娘出院了，我就挂念你，你先吃几剂中药，等咱园子里的桃熟了，我再把猪卖了，凑齐钱咱就住院去。 医生说，你这病，动一次手术就会好的。 这药，喝了吧！

袁石磨　　我说不喝就不喝！

袁大妈　　说着说着，你那老拗筋脾气又上来了。

袁石磨　　你想喝你喝！

周玉兰　　爹！

袁石磨　　孩子，自打文华走了以后，你作多大难，吃了多少苦，我跟你娘，俺心里清楚啊！

袁大妈　　我和你爹，俺拖累你到啥时候是个头啊！

袁石磨　　吃药打针，住院开刀，治了我身上的病，治不了我心上的病啊！

周玉兰　　爹，娘，您以后就把媳妇我当闺女看待吧！

袁大妈　　你说这话当真？

周玉兰　　媳妇我是真心实意。

袁石磨　　那——你就得听我的。

周玉兰　　爹，你说吧。

袁石磨　　玉兰啊，权当我和你娘求你了，找个好家，走吧！

周玉兰　　爹，娘，您……您真的要把儿媳我撵出这个家？

袁石磨　　我的好孩子，你非叫爹给你跪下不中？

[袁石磨欲跪，周玉兰忙挽扶。

周玉兰　　（唱）爹爹你欲跪在儿媳面前，

让儿媳我心滴血、肝肠断，

满腹话语口难言，我今后咋站在村人前？

文华他离咱走如天塌地陷，

最担心您二老风烛残年。

儿媳我心中早立誓言，

为二老尽孝我一人担。

我不怕风风雨雨路漫漫，

我不怕漫漫路坎坷不平九曲十八弯。

爹呀爹，世上没有过不去的坎，

更何况还有政府关爱咱。

娘啊娘，只要有我玉兰在，

就有您二老的吃和穿。

每日里有您的可口饭，

冬有棉来夏有单。

求二老宽下心别再逼俺，

儿情愿侍奉二老到百年。

　　　　　（白）爹，娘！

袁石磨　　（动情地端起药）孩子，这药——我喝！

袁　宝　　（抱一存钱罐上）爷爷！奶奶！

袁石磨　　哟，俺宝贝孙子来了。

袁　宝　　俺妈气您了，我来看看爷爷奶奶。

袁大妈　　还是俺孙子懂事儿。

周玉兰　　小宝，你咋把你的存钱罐给抱来了？

袁　宝　　婶婶，你整天挣钱给爷爷治病，我也不花零花钱了。

周玉兰　　你这攒的有多少钱？

袁　宝　我数了，一共十五块六毛钱。

袁石磨　好孙子，爷爷没钱给你买吃的，这钱，还是你留着买糖豆吃吧。

袁　宝　爷爷，您别嫌少，等我长大挣好多钱孝敬您和奶奶。

袁大妈　连小孩子都懂得孝道，可老大家……

袁　宝　奶，

　　　　（唱）俺妈对您不孝敬，

　　　　　　　惹爷爷奶奶把气生。

　　　　　　　今后要是不改正，

　　　　　　　我，我，我，——

　　　　　　　我就告她上法庭。

周玉兰　小宝真像个男子汉！

袁　宝　奶，俺姥和俺舅爷来了，正在俺家吵俺妈哩。俺舅爷恼得呀，还敲了俺妈一拐棍，可给你出气了。

周玉兰　爹，我过那院看看去。走，小宝，跟婶婶一块儿。

袁大妈　去吧，你过去看看好。

袁　宝　爷爷、奶奶再见！

　　　　〔周玉兰、袁宝下。

袁石磨　小宝真让人喜欢，看见他我这病就能轻几分。

袁大妈　从小看大，三岁看老，说不定咱还真享小宝的福哩。

袁石磨　恐怕熬不到那时候了。

袁大妈　净说些丧气话，我还想再活他二十年哩！

贾松山　（掂礼品上）大伯，大妈！

袁大妈　松山来了。（接礼品）

袁石磨　松山，你回回来都不空手。

贾松山　我来给玉兰报告个好消息，办刺绣厂的事，定住了。

袁石磨　又让你操心了。

贾松山　大伯说话又外气了。大妈住院花了不少钱，你也要开刀，我来给您老送三千块钱。

袁石磨　松山哪，你刚从部队回来，盖房、成家，花钱的地方多着哩，大伯咋能花你的钱？

贾松山　这三千块钱你一定要收下。

袁石磨　松山，你叫大伯我说啥好哩！

　　　　（唱）俺家的事你没少操心，

　　　　　　　你就像俺家一口人。

　　　　　　　地里活，帮锄草来帮送粪，

　　　　　　　家中事，问东问西你腿脚勤。

　　　　　　　今天又来把钱送，

　　　　　　　大伯我不忘你的恩。

贾松山　大伯大妈，

　　　　（唱）在部队我时刻都把二老牵挂，

　　　　　　　见二老就想起好哥文华。

　　　　　　　那一年抗洪抢险我落入堤坝，

　　　　　　　文华他为救我卷入泥沙。

　　　　　　　正赶上洪峰到来风急浪大，

　　　　　　　战友们千喊万唤万唤千喊，

　　　　　　　文华他再没回答。

　　　　　　　文华走我就把决心下，

　　　　　　　您二老就是我的亲爹亲妈，

　　　　　　　贾松山我就是您儿文华，

　　　　　　　这个家就是我的家，

　　　　　　　救命恩我一定要报答！

袁石磨　人死不能复生，文华走了，咱就不讲他了。

袁大妈　是呀，我和你大伯最挂心的是玉兰啊！

袁石磨　我在心里琢磨多少天了。　这件事，大伯只有求你了。

贾松山　大伯，有啥事儿您只管说。

袁石磨　你的文笔好，我想麻烦你在咱县报上给玉兰登个征婚广告，

　　　　你看中不中？

贾松山　中，中！　下午我就去办！

周玉兰　（上）哟，是兄弟来了。

贾松山　嫂子，知道你又上那院了。

袁大妈　（提示性地）他爹，你到里间躺会儿去吧！

袁石磨　（明白地）中，中！　恁俩说话。

　　　　〔袁大妈扶袁石磨下。

周玉兰　刚才听俺嫂子说给你介绍个女朋友，一定很漂亮吧，啥时候

　　　　领来让我开开眼？

贾松山　没影的事儿。

周玉兰　咋，还瞒我呀？

贾松山　玉兰嫂！

　　　　（唱）咱两个相处这么久，

　　　　　　　难道你看不出我的啥要求。

周玉兰　（唱）你英俊潇洒才八斗，

　　　　　　　好姑娘任你选来任你留。

　　　　　　　要不然嫂子我帮你瞅，

　　　　　　　找一个能歌善舞会应酬、

　　　　　　　新潮时尚的漂亮妞。

贾松山　（唱）我不讲模样俊来模样丑，

　　　　　　　像嫂子善良贤惠又温柔。

　　　　　　　要不然，你，你——

　　　　　　　你给我克隆一个周玉兰，

　　　　　　　要不然——

要不然，我光棍儿一条走到头！

周玉兰　兄弟，你净拿嫂子开心。

贾松山　嫂子，啥时候找到像你这样的人，我就答应成亲。

周玉兰　要是找不到呢？

贾松山　那——我就一直等着！（羞涩地跑下）

周玉兰　（幸福地）兄弟，你就等着吧！

　　　　〔灯暗。

第六场　│　诉　衷

　　　　〔中秋时节，秋高气爽。

　　　　〔桃林叠翠，果压枝头。周玉兰、贾松山各自背药桶为桃树
　　　　打药。

周玉兰　（唱）爹爹他住院后病身好转，

　　　　　　　玉兰我抽空隙来到桃园。

　　　　　　　多感谢众乡亲帮我照管，

　　　　　　　才有这桃果累累树枝弯。

　　　　　　　抓时机把肥料再施一遍，

　　　　　　　好有个果色鲜美味更甜。

　　　　　　　算一算八月中秋已不远，

　　　　　　　赶节日销路多正好卖钱。（隐）

贾松山　（唱）我不顾赤日炎炎汗流满面，

　　　　　　　为帮助周玉兰来到桃园。

这些天她家里地里到医院忙得团团转，

实实地叫人心疼叫人怜。

这样的贤淑女世不多见，

真是个好媳好妻周玉兰。

我也是有血有肉的男子汉，

借机会表心迹就在今天。（隐）

〔贾香香左寻右找地上。

贾香香　（唱）明明是松山弟转眼不见，

莫不是他二人约会在桃园？

我兄弟刚复员他经历浅，

小寡妇怎配你未婚童男？

这根线我一定及早掐断，

也免得木已成舟改变难。

细掂量这件事我该咋办？

（白）有了，（掏出报纸）

（唱）借征婚先找玉兰谈一谈。

（喊）玉兰！

周玉兰　（上）嫂子，这么热的天，找我有事儿？

贾香香　喜事儿，喜事儿！

周玉兰　啥喜事儿？

贾香香　（展报纸）你看，咱爹给你登征婚广告啦！

周玉兰　嫂子，婚姻这事儿呀，你比我清楚，这得靠缘分。

贾香香　啥缘分不缘分的，玉兰哪，

（唱）你这个人心太诚，

看起来可没嫂子能。

今儿个我给你点一招——

这种事儿，不说瞎话怎能行？

当初我跟恁哥搞对象的时候，恁哥嫌我风流，迟迟疑疑不想愿意。我是一回冷，两回热，第三回呀，我狗皮膏药硬去贴。等他后悔的时候，我吓唬他：你要不跟我结婚，我就告你个强奸犯！就这，成了。现在我和你哥过得不是很好吗？

周玉兰　嫂子你真有本事，我到啥时也比不上你。不过文华生前有话，把二老托付给我，一步走错，百步难回，要是碰上个对二老不好的，我咋对得起文华呀？

贾香香　你不是说改嫁时要带着咱爹咱娘吗？嫂子我一百个支持！到时候多给你陪送些嫁妆，连那棵准备给咱爹做棺材的大桐树也陪送给你！

周玉兰　咱爹还在医院住着，这一段咱娘的身体也不好。现在，我不想考虑这事儿。

贾香香　这事儿，早解决比晚解决好。别想恁高，找个比你大十岁八岁的、身上有点小小不言的，他会不俯首帖耳听你的？（见周玉兰无动于衷）一个小寡妇，光想攀高枝儿，还想寻个没结过婚的童男身儿，那叫癞蛤蟆想吃天鹅肉——痴心妄想！（赌气地下）

周玉兰　（悲愤交加地）

（唱）嫂子她恶狠狠甩下一句话，

　　　一句话如刀刺心心乱如麻。

　　　几年来坎坎坷坷我都不怕，

　　　过日子再苦再累我都能咬牙。

　　　今日里，却为何，

　　　欲哭眼无泪，

　　　欲诉心无话，

　　　更思念，抹不去，忘不下，

叫不应，唤不回，

我的好文华，我的好文华。

文华啊，

你是一片云，你就停一停；

你是一阵雨，你就狠狠地下；

你是一声雷，你就炸个响；

你是一阵风，你就轻轻地刮，

理一理我多年没梳的满头乱发，

也算你跟玉兰说说知心话。

叹苍天怎这样软欺硬怕，

对玉兰却总是霜雪交加。

可怜我父母双亡沦落天涯，

在郑州遇上你你带我回家。

家啊家，我久久盼望的家，

从此后我又有了爹和妈。

你待我如亲妹又疼又爱，

爹和娘把我看成一朵花。

参军时我送你到颍河桥下，

你一言我一语咱一问一答。

你挂心爹有病身体不好，

你挂心娘操劳满头白发。

你言讲孝敬父母莫攀比，

无论弟兄俩，还是姊妹仁，

只当是爹娘就生我一个娃。

你的话铭心中如刻如画，

勤侍奉爹和娘我端汤送茶。

有件事咱爹咱娘放心不下，

怕耽搁玉兰的青春年华。

咱娘劝咱爹逼催我改嫁，

咱嫂子为赶我又恶语相加。

我该怎么办？　我该咋回答？

文华呀，帮玉兰快把主意拿，

我的好文华……

贾松山　（上）

（唱）玉兰哪，你莫悲伤，莫害怕，

好心人总有好报答。

坎坷的路啊，你走得最潇洒，

风雨过后是彩霞。

好媳妇要让公婆无牵挂，

才能够九泉之下慰文华。

周玉兰　（唱）这声音咋恁像文华？

贾松山　（唱）我不是文华我学文华。

周玉兰　松山你怎么来了？

贾松山　这么多的桃树，你自己到天黑也忙不完啊。

周玉兰　（拿毛巾为松山擦汗）看把你热的。

贾松山　（看着周玉兰无法抑制地）天热，我的心更热！（欲握周玉
兰的手，周玉兰抽回）

（唱）玉兰啊，你抬起头，看一看，

为什么不用慧眼看松山？

周玉兰　（唱）好兄弟一颗心冰清可鉴，

你的情你的意早入心田。

贾松山　（唱）既如此却为何不打开心扇？

周玉兰　（唱）我怕你还不知过日子难。

贾松山　（唱）路漫漫咱相扶相帮一起走，

有风雨咱携手同擎一个天。

周玉兰　（唱）家有二老负担重，

贾松山　（唱）负担重咱两个共同承担。

周玉兰　（唱）你是个未婚人前途无限，

　　　　　　我寡妇门前多闲言。

贾松山　（唱）想不到你还有这陈旧观念，

　　　　　　这难道是你的真情实言？

周玉兰　（唱）松山啊，你别让嫂子再为难——

贾松山　（唱）我不叫嫂子喊玉兰，

　　　　　　一片真心可对天！（欲跪下盟誓）

周玉兰　（扶起松山）好兄弟，嫂子亲你，爱你，才不忍心委屈
　　　　你……

贾松山　（佯装生气）那好，我不为难你了，先把答应我的事给我办
　　　　了。

周玉兰　我答应的啥事？

贾松山　你给我克隆一个周——玉——兰！

周玉兰　（不禁喜悦地）你！

　　　　〔二人追逐于桃林中，被袁宝拉出。

袁　宝　出来，出来，出来！

贾松山　小宝，你咋来了？

袁　宝　舅舅，婶婶，我给你们送水来了。（打开矿泉水瓶）来，一
　　　　替一口。

周玉兰　宝宝长成大人了，想得真周到。

袁　宝　这是奶奶让我给你送的。报社记者要采访你哩，叫你赶快回
　　　　去。

周玉兰　（拉袁宝）好，咱走吧！

袁　宝　不，我在这监督着舅舅，别让他偷吃咱的桃子。

贾松山　你个小能豆儿。

贾香香　（上，阴阳怪气地）嘀，松山也在这儿，可真热闹呀！

袁　宝　（亲热地拉着周玉兰）婶婶，别理她，咱走！

贾香香　小宝，你回来！（强拉袁宝）

袁　宝　（甩开贾香香）你逼俺奶喝农药，同学都笑话我，跟着你，
　　　　丢人！（扑到周玉兰怀里）

周玉兰　（为袁宝擦泪）男子汉，不哭。

袁　宝　好，不哭。婶，走，上医院看俺爷去。（拉周玉兰下）

贾香香　小宝，我是你亲娘啊！

贾松山　你这当娘的就给孩儿做这样的榜样？

贾香香　我……

贾松山　姐，

　　　　（唱）你对公婆让四邻说长道短，

　　　　　　　我的事你为何又百般阻拦？

　　　　　　　你怎能与玉兰挟仇结怨？

　　　　　　　难道说有件事她没跟你谈？

贾香香　啥事儿？

贾松山　（唱）文华他为救我才不幸遇难。

贾香香　（吃惊地）这事儿是真的？

贾松山　（唱）没文华哪有我松山的今天！

　　　　　　　猫和狗尚知道恩情深浅，

　　　　　　　难道你长一副铁石心肝？

　　　　　　　姐呀姐，咱本是手足情难了难断！

　　　　　　　听村人讲起你我也汗颜。

　　　　　　　做人就要讲脸面，

　　　　　　　不明理不知羞枉活人间！（气下）

贾香香　兄弟！（欲追，传出幕后合唱）

幕后合唱　做人就要讲脸面，

　　　　　　　不明理不知羞枉活人间！

〔贾香香似乎听到亲人的谴责、社会的谴责。她目瞪口呆，捂脸跑向大幕，舞台迅速切光。在黑暗中传来贾香香的哭声。

第七场 ｜ 月　圆

〔时逢中秋，周玉兰家。

〔袁大妈着新衣高兴地上。

袁大妈　（唱）喜鹊枝头报佳音，

　　　　　　　一桩桩喜事进家门。

　　　　　　　老头子住院开刀解病困，

　　　　　　　丢了拐棍有精神。

　　　　　　　更可喜俺玉兰收了一沓征婚信，

　　　　　　　她挑来挑去很认真。

　　　　　　　最后挑中个贾文华，

　　　　　（夹白）还跟俺文华重名儿，多好！

　　　　　　　约好今天来相亲。

　　　　　　　老头儿赶集买食品，

　　　　　　　我打扫庭院迎客人。

〔袁大妈收拾院落，袁石磨兴奋地上。

袁石磨　老婆子，玉兰她娘！

袁大妈　让你赶集买菜哩，你咋空手回来了？

袁石磨　（卖关子地）我……我没去。

袁大妈　你呀，

　　　　（唱）说你笨来你就笨，

　　　　　　　你咋是个死脑筋。

　　　　　　　客人就要把门进，

　　　　　　　晌午饭——

袁石磨　（唱）晌午饭咱也学学城里人。

　　　　　　　我碰上村头饭店李来顺，

　　　　　　　让他做四个素来四个荤。

　　　　　　　来一个小鸡冬瓜是清炖，

　　　　　　　烧一个糖醋鲤鱼跳龙门。

　　　　　　　四喜丸子喜中喜，

　　　　　　　五香猪蹄筋连筋。

　　　　　　　凉拌三丝花生米，

　　　　　　　绿豆粉皮大蒜焖。

　　　　　　　再来一碗三鲜汤，

　　　　　　　竹笋香菇配海参。

　　　　　　　喝酒喝咱家乡酒，

　　　　　　　价格便宜货又真。

　　　　　　　到时候，一盘一碗一碗一盘送进门，

　　　　　　　咱又省劲来又省心。

　　　　　　　（白）老婆子，你看咋样？

袁大妈　中，中，会办事儿。哎，看你像个泥水匠，还不快去把玉兰
　　　　给你买的新褂子换上。

周玉兰　（上）爹，娘！

袁石磨　你去哪儿啦？

周玉兰	我领着瓜果商店的老板到咱桃园里看看。
袁大妈	咦，都啥时候了，你咋不知道急哩。 快去换换衣服，打扮打扮。
周玉兰	娘，人家是来看人哩。
袁大妈	常言讲，人靠衣裳，马靠鞍装，三分长相，七分打扮。 快去快去。
袁石磨	你净胡说，那猪八戒再打扮也是个猪脑袋。 还是自然美好。
袁大妈	你懂个啥！ 玉兰，走，妈给你梳梳头去。（欲下，对袁石磨）
	你还吃挣个啥？ 还不换衣服去。
袁石磨	中，中。（欲随下）
袁大妈	看把你高兴的，去那屋。（笑下）
袁石磨	（不好意思地挠头）嘿嘿……（下）
袁 宝	（上，向内）妈，快走吧！ 我找俺奶去啦。（进内）
贾香香	（上）

        （唱）一步一趄腿似铅，

             路不长我走了大半天。

             这些天前前后后想一遍，

             越想心里越羞惭。

             我不该把公婆当成累赘看，

             我不该又对玉兰吐恶言。

             邻里们这个说来那个劝，

             对二老我再不能不孝不贤。

             下决心见公婆赔礼道歉——

周玉兰	（迎上）嫂子来了，快进来吧。
贾香香	（唱）这门槛我今天迈着实在难。
周玉兰	嫂子，

（唱）这门槛你已迈了多年，

　　　　它隔不断骨肉亲情心相连。

　　　　你来这院二老一定很喜欢，

　　　　咱今天终于盼到大团圆。

[袁宝拉袁大妈上，袁石磨随上。

袁　宝　奶奶，你看俺妈来了。

贾香香　娘，儿媳我给您赔不是来了。

袁大妈　（喜悦地）好了，好了。他爹，老大家认错了。

袁石磨　我没这个儿媳妇!

周玉兰　爹，病刚好，你消消气。

袁大妈　他爹，今天是玉兰的大喜日子，你那老拗筋脾气……

袁石磨　你想想，几年来，你是咋对待我和你妈的，咋对待玉兰的?

　　　　我……我消不了这口气……（咳嗽）

贾香香　爹，儿媳我给您跪下了。

袁　宝　（和贾香香一起跪下）爷爷，孙子求您了，您容了俺妈吧。

袁石磨　（忙拉起袁宝）好孙子!（转向贾香香）看在俺孙子的面

　　　　上，起来吧。

周玉兰　（忙扶起贾香香）嫂子!（为贾香香拍打衣服）

袁大妈　好啦好啦，媳妇能明白过来，比啥都好。

贾香香　爹，娘，文革来电话了，让我接您二老过那院去。

袁　宝　爷爷，奶奶，住俺家吧?

袁大妈　宝呀，这家那家，都是咱的家，住哪儿都一样。

袁石磨　过团圆节哩，给他个劣种打个电话，叫他回来。

周玉兰　嫂子，打断骨头连着筋，到啥时还是跟他儿亲。

贾香香　那是哩，还是疼他儿。

贾松山　（上）姐，你咋也来了?

贾香香　玉兰今天见面哩，这是俺家的大喜事儿，我当然要来。哎，你来弄啥？

袁石磨　我就是请他来给我当陪客哩。 这陪客都来了，那个应婚人贾文华咋还没到啊？

周玉兰　爹，他已经来了。

众　（齐问）在哪？

袁大妈　小宝，快去大门口迎迎去。

周玉兰　不用去了，（推贾松山）他，就是贾文华！

袁石磨　你就是贾文华！ 好啊，原来是你们画个圈让我跳呀。

贾松山　大伯，这玉兰征婚的事儿可是您老的主意呀。

袁石磨　那是那是，就算我"上当受骗"吧！

贾香香　今儿个你这个贾文华变成真文华了！

袁大妈　松山哪，你跟那边你娘说了没有？

贾松山　说了，（掏出一副玉镯）俺娘把见面礼也让我带来了。

贾香香　（接过玉镯）这玉镯不知传了多少辈了，我要多少次，俺娘都没舍得给我，原来是给你留着的啊。（给周玉兰戴上）娘，你看，正合适。

袁大妈　是呀，是呀，就该是一家人。

贾香香　先说好，恁俩结婚的时候呀，我来操办。

袁石磨　你应嫂子的就该操这个心。

贾香香　（暗示贾松山、周玉兰）你们先给二位老人鞠个躬，让应爹应娘的表个态。

袁石磨　好，好！ 这事儿就算定了。

袁　宝　（拿照相机跑上）我把俺爸的照相机拿来了，来，咱拍个全家福。

幕后合唱　世上人人都会老，

天下家家有老人。

尊老爱幼是美德，

人尽孝道献爱心。

——剧终

　　此剧是与好友高学俭合作创作的。 高学俭，周口市文联原主席，著名剧作家，有多部戏剧剧本被搬上舞台并获得大奖。

向高学俭兄致谢

　　2002 年 5 月，为迎接周口市第一届戏剧大赛，项城市文广新局约我创作一个贴近生活、反映尊老爱幼的戏。 我几次深入生活，敲定了剧名，构思了故事，设置好人物，安排好场次后便投入了创作。 由于大赛日期临近，剧团急于排演，我求助好友高学俭来我家住了一星期，帮我写了两场戏。 周口戏剧大赛结束后，为了使剧本语言和唱词统一，我依据我的风格对这两场戏重新整理；为参加河南省戏剧大赛又对整个剧本进行了加工提高。 今借我创作的几个大戏结集出版之机，对高学俭兄在我燃眉之急时给予的帮助表示衷心的感谢！

一台好戏的魅力

赵玉环

"剧本,剧本,一剧之本。"一台好戏能救活一个剧团。河南豫剧院三团的一部《朝阳沟》唱红了大江南北,久演不衰。一个县级市的豫剧团,靠自编、自谱、自导把两个多小时的现代戏呈现在舞台上,从2002年搬上舞台,迄今已演出数千场,并荣获了周口市第一届戏剧大赛金奖、河南省第一届县(区)级戏剧大赛金奖、河南省第一届"黄河杯"戏剧大赛金奖和最佳叫座奖。它就是项城市土生土长的剧作家、今年(2024)已八十七岁高龄的李泓先生所创作的《农家媳妇》。

2001年,项城市豫剧团正处于低谷,经费少,收入低,演员的基本工资都保不住,何谈养家糊口?熬不住的另找门路。我是当时的剧团负责人,深知他们的无奈,可巧妇难为无米之炊啊! 2002年,周口市文化局下发通知,要举办周口市第一届戏剧大赛。通知要求各县剧团必须参赛,不得弃权。买个剧本要花十几万,我赵玉环想都不敢想。那时候已到5月底了,离大赛的日期已经很近。当时的文化局局长田华很支持,立马召集了李泓老师、蒋德汴老师、刘坦老师等,准备自己创作一个本子。开会的场景至今我历历在目,大家都很激动,一致认为无论如何要创作出自己的本子来。我提供一个小故事,是在报纸上看到的,说一个解放军战士,因公牺牲了,其妻不改嫁,精心侍奉有病的公爹。李泓老师听了之后说:好! 孝道是咱的传统美德,是个永恒的主题,写!

就这样，李泓老师很快进入了创作状态。剧情构思，人物设置，场次安排……大热天他跟蒋德沠老师夜以继日地干起来。让我最痛心的是蒋德沠老师突发脑溢血，带着遗憾离开了我们。李泓老师怀着悲痛，输着氧，坚持创作。因离参赛时间越来越近，刘坦老师急着谱曲，剧团急着排演，李泓老师便请来了他的好友高学俭老师住他家帮助写了两场戏，才没有耽误时间，如期参赛。不承想荣获了金奖第一名，包揽了所有奖项。领奖台上，我哭了，哭得很痛，实在控制不住自己的泪水，这是告慰蒋德沠老师的泪水，是剧团燃起希望的泪水，是感谢所有帮助我渡过难关的人的泪水。哭得高兴，哭得欣喜，哭得痛快！

《农家媳妇》获奖之后，商业演出纷至沓来，经济收入逐年上升，离团的兄弟姐妹们也陆续回了团，项城市豫剧团又充满了生机和活力！这就是一部好戏的魅力。此剧之所以久演不衰，是作者把一个永恒的主题诠释得入情入理，人物活灵活现，情节真实感人。我还要感谢刘坦老师，他的谱曲既继承了传统，又有创新，丰富了人物，唱着好唱，听着好听，观众喜欢。

《农家媳妇》在郑州参加河南省第一届"黄河杯"戏剧大赛的演出，台下观众有上千人。两个多小时的戏鼓了三十六次掌。一位老人散了戏不走，来到后台，不等我卸装，拉着我的手说："俺爱看这样的戏，把我看哭了六次。"热情观众围着签字，动人的场面至今不能忘怀。

有一年，在安徽临泉的杨桥镇演出。那是一个古庙会，每次都请两三台大戏。我团跑外交的王团长与村干部交涉演出节目时，村干部说啥也不让演《农家媳妇》，说："俺这里从来不看不穿衣裳的戏（意为要看古装戏）。您要演现代戏，就走人。"话说得没有商量的余地。王团长说："这样吧，俺演的这个现代戏，如果乡亲们不认可，俺不光走人，还倒赔你三场的戏钱。"就这样赌上了。我化着装，心里不住地嘀咕，万一演砸了，人可丢到安徽省了。锣鼓响了，我还是忐忑不安。演了不到十五分钟，台下就响起了热烈的掌声，我提着的心才算放下了。戏结束了,村支书立马来到舞台,高兴地对我说:"赵团长,您赢了。明天再演一场,让那些年轻的,尤其是不孝顺的媳妇都来看看,这比我开几次会的效果都好!"就这样,《农家媳妇》在这个台口连演了三场。

在驻马店上蔡县李湾乡的一个村,晚上演出《农家媳妇》,才演到第三场,天下起雨来,电也停了。老会首站在舞台上高声喊道:"今晚怕大家淋雨,又没电,不再演出了……"话没说完,台下齐喊:"演!演!"这时候,一个奇迹出现了,所有的三轮车都开到舞台的两旁,打开车灯照亮了舞台。拿着手电筒的跑到后台给演员照着。演员们感动得说不出话,认认真真把戏演完。

在安徽颍上大王庄演出《农家媳妇》后,一位六七十岁的老大娘,给我送来一大兜鸡蛋。我说:"大娘,我们团里有规定,不能随便要乡亲们的东西。"这位大娘喊我一声闺女,说:"这鸡蛋你一定要收下,俺媳妇看了这个戏学孝顺了,对我可好啦。"

由《农家媳妇》引出来的故事还有很多。

《农家媳妇》从初演到今年已经二十二年了,从河南演到河北、山东、安徽等地,又被多个剧种移植,至今仍是项城市豫剧团的看家戏,是每个台口必演的戏。

无论是传统戏还是现代戏,只要是好戏,就不会衰亡!

(赵玉环,十六岁进剧团,把整个人生奉献给了项城戏剧事业。她从一般演员到主要演员,从一名党员到党组书记、剧团团长,写出了诗一样的人生:她曾把一个男孩儿早产在舞台上,她曾因脑颅开刀麻醉在手术台上。她带领项城市豫剧团在全省戏剧大赛中三次荣获金奖,个人五次荣获省部级表演奖。她是全国文化先进工作者、河南省五好党员、河南省文化先锋、周口市十大女杰。)

本剧荣获河南省第二届县（区）戏剧大赛演出、剧本、谱曲、演员等十二项奖。

项城市豫剧团首演

谱　曲——刘　坦

秀　贞——尹美娜饰

丰　收——闫汝林饰

苦　妞——赵玉环饰

开　封——高　峰饰

开　朗——杨金杰饰

甜　甜——潘莉莉饰

时间：当代

地点：豫东农村

人物：秀贞，女，三十多岁，农村妇女。

丰收，男，三十多岁，秀贞的丈夫。

苦妞，女，六十岁左右，丰收的母亲。

开封，男，六十岁左右，开朗的父亲，学者。

甜甜，女，十六岁，丰收的女儿。

开朗，女，三十多岁，某企业负责人。

第一场

幕后合唱　世上三情最为真，

　　　　　　大道和谐天地人。

　　　　　　分分合合乾坤事，

　　　　　　各人心田自耕耘。

　　　　　　〔在合唱中大幕拉开，隐隐的雷鸣声由远及近，

　　　　　　闪电画出苦妞的轮廓，她借助闪电张望着。

　　　　〔秀贞拿着一件衣服寻找着苦妞，走近苦妞，为她披上。

秀　贞　娘，咱回去吧！

苦　妞　秀贞，你给丰收打电话没有？

秀　贞　天这么晚，他不会回来了。

苦　妞　他个赖种，从北京回来开会哩，也不到家看看。

秀　贞　娘，他现在是代表还是委员哩，县里有他住的地方，你还去
　　　　挂念他弄啥。

苦　妞　娘疼儿，不由人哪！

秀　贞　快回去睡吧，明儿散了会他能不回来？

　　　　〔秀贞搀扶苦妞下。

丰　收　（上）

　　　　（唱）雷电闪，雨倾盆，

　　　　　　　雷雨中走来我醉酒的人。

　　　　　　　有门不敢进，

喊门难出唇！（行于门外）

半年来我没走进这个门。

[丰收躲雨，不承想把门撞开，趔趔趄趄地立在拿衣服上场的秀贞面前。二人对视。秀贞把衣服给丰收进屋，丰收欲跟进。

秀　贞　我早换成单人床了，你还有必要进来吗？

丰　收　我半年多没回来了，秀贞，我知道你对我……

秀　贞　我就要你跟我说句实话：你在北京有没有相好的？

丰　收　我……有……

秀　贞　（气极）你……你……！（狠狠地打了丰收一耳光，自己却握住发疼的手）

丰　收　（没有躲避，趔趄地倒下）

　　　　（唱）打疼了你的心啊，

　　　　　　　打疼了你的手，

　　　　　　　打不掉我心中的愧啊，

　　　　　　　打不掉我满面的羞。

　　　　　　　打也该，骂也该，

　　　　　　　打骂你都有理由——

　　　　　　　（丰收顺手拿把笤帚递给秀贞）

　　　　　　　（接唱）不解恨你就用这笤帚把抽！

秀　贞　（已经恢复了理智，爱恨交加地）

　　　　（唱）难忘你初去北京那时候，

　　　　　　　半夜里睡不着咱为钱发愁。

　　　　　　　出门去连个路费也没有，

　　　　　　　做生意没有本怎把利求？

　　　　　　　为路费我剪了三尺满头秀，

　　　　　　　八十元钱啊，我变成了短发头。

那时候逢年过节你忙着往家走。

丰　收　（唱）家里头有着我的恩爱情柔。

　　　　　　　我挂念娘有病身体消瘦，

　　　　　　　还有咱正上学的甜甜妞。

秀　贞　（唱）省俩钱你给我买个它呀，我爱不释手。

丰　收　（唱）半夜里你还和我喋喋不休。

秀　贞　（唱）不知道何时它成了个瞎话篓，

　　　　　　　听不出还有多少真话在里头。

　　　　　　　红了高粱熟了豆，

　　　　　　　三伏过后到中秋，

　　　　　　　这正是亲人团圆的好时候，

　　　　　　　你却是一个忙字万事休。

　　　　　　　难道说一天的空闲也没有？

　　　　　　　桑塔纳，高速路，

　　　　　　　中途不用再加油。

　　　　　　　"村村通"就到咱家门口，

　　　　　　　回来后你却住在迎宾楼。

　　　　　　　夫妻情竟到了如此地步，

　　　　　　　难道你还是我疼不够爱不够的韩丰收？

　　　　　　　（抹去眼泪决心已定地）

　　　　（唱）既然是恩也丢来情已走，

　　　　　　　不共枕又怎能反成仇？

　　　　　　　要离婚我现在就吐口，

　　　　　　　只求你不上法庭不外露，

　　　　　　　好合好散好分手，

　　　　　　　省得咱闺女难受娘担忧。

　　　　　　　咱写个协议书立个字据就算数，你回北京该结你的婚

结你的婚，咱娘归我，甜甜归我，这个家归我。

丰　收　那……中，这是银行卡，户名是你的名字，密码是你的生日。

秀　贞　你的钱我不要。咱娘看病，甜甜上学，都不要。

丰　收　我知道，甜甜该考学了，我回去就把孩子的北京户口办好。

秀　贞　这是你丢在家里的换洗衣服，拿着，走吧！

　　　　〔丰收欲下。

苦　妞　（上，气急）小丰收！你……你不能走！

丰　收　娘……我……

秀　贞　娘，北京那边活儿忙，让他走吧！

苦　妞　不中！我问你，在家住了几天？

秀　贞　娘，他是回来开会的，你还问他那个弄啥。

苦　妞　（对秀贞）

　　　　（唱）好孩子你也别把真情隐，

　　　　　　　当娘的我可是过来的人。

　　　　　　　为什么久别的夫妻不亲近？

　　　　　　　为什么回来又不进家门？

　　　　　　　村上人风言风语有议论，

　　　　　　　我心中早已起疑云。

　　　　　　　想当初，你去北京，

　　　　　　　我千不愿意万不肯，

　　　　　　　是秀贞劝动了我的心。

　　　　　　　没想到有俩钱烧得不是恁，

　　　　　　　孩子乖你咋变成个这样的人！

　　　　　　　要滚你给我滚！滚！滚！

　　　　　　　我、我、我，我要饭也跟着俺秀贞！（扑向秀贞，眩晕）

秀　贞　（对丰收）快！快背着咱娘上医院！

［三人造型。 切光。

第二场

［紧接前场。 乡镇医院。

丰　收　（边接手机边上场）放心，我明天就回。 中，中！

甜　甜　（上）爸，你明天不能走，我奶住着院，我也要回学校。

丰　收　甜甜，你妈不是在这里吗？

甜　甜　你让食堂里给俺奶做那饭俺奶不吃，俺妈回去给俺奶擀面条
　　　　去了。

秀　贞　（提饭盒上）甜甜，恁奶醒了没有？

甜　甜　俺奶早醒了，正喊你哩。

丰　收　给咱娘回家做的饭？

秀　贞　咱娘喜欢吃这手擀面条。 甜甜，快让恁奶趁热吃去。

甜　甜　哎！（接饭盒，下）

秀　贞　你快走吧，北京又催你了。

丰　收　那……咱娘……？

秀　贞　咱娘有我哩，她不是生你的气，才不吃不喝不打针的。

丰　收　要不，我把那协议收回？

秀　贞　收回协议就能收回心了？

丰　收　我……

秀　贞　我是个什么样的女人你也清楚，即使你反悔，我也不会反
　　　　悔。

以后你想回来你就回来，家里毕竟有你的娘，有你的闺女哩。

　　〔内，甜甜：妈，俺奶喊你哩。

秀　贞　咱娘急了，（掏出药方）你去给咱娘拿药。（递药方给丰收，下）

丰　收　你让甜甜把我的钱给我送来！（下）

甜　甜　（边上边从丰收提包中掏钱，忽然发现协议书）离婚协议书？ 我爸和我妈的离婚协议书！ 这不可能，这不可能……（甜甜看着看着惊呆地立在那里）

丰　收　（气急地上，喊）甜甜，甜甜！ 等着给你奶拿药哩，你——？ 好孩子，你咋啦？

甜　甜　（似乎不认识丰收）你……你……你……你还是我的爸爸吗？

丰　收　（为甜甜擦拭泪水）好孩子，我当然是你的爸爸。（把甜甜搂在怀里）

甜　甜　（推开丰收）你……你……你不是……（高喊）你不是我的爸爸！（抖着协议书）这是什么？ 这是什么？（把丰收的提包扔向丰收，跑下）

丰　收　（无措地）甜甜，闺女——！

秀　贞　（上）咱娘吃点药，刚睡着，恁一个劲儿地喊啥！

丰　收　甜甜她看到咱俩的协议书，哭喊着跑了。

秀　贞　她去哪儿啦？（拉住丰收）咱甜甜她……她去哪儿啦？

丰　收　顺着这条路走了。

秀　贞　那是汾河堤！ 快，你往西，我往东，一定要把她找回来。

　　〔二人分头边喊边下。 暗转汾河堤岸。

甜　甜　（上）

　　（唱）恐恐慌慌，跟跟跄跄，

忽觉得眼前一片迷茫。

孤孤单单，凄凄凉凉。

我咋就这样没了爹娘？

［丰收、秀贞分别从两个方向上，在与甜甜进行心的交流。

丰　收
秀　贞　（同唱）好孩子，莫悲伤，

丰　收　（唱）爹还是你的爹，

秀　贞　（唱）娘还是你的娘。

你是娘的肉啊。

丰　收　（唱）你挂着爹的肠。

甜　甜　（唱）（向丰收）你真是我的爹？

（向秀贞）你真是我的娘？

应娘的为啥不为女儿想一想？

当爹的做事为何那样荒唐？

恁既然让我来到人世上，

却为何又酿苦酒叫我尝！

（对丰收）你为了你的爱，

（对秀贞）你为了逼刚强，

把幸福化为苦浆，

把欢乐变成悲伤。

把女儿我抛到孤岛上，

有爹娘我等于没爹娘。

［甜甜疯狂飞奔，丰收、秀贞追赶，秀贞、甜甜隐去。

苦　妞　（上）小丰收！

丰　收　（见苦妞，惊）娘！你咋赶来了？你在治病啊……

苦　妞　光你就把我气死了，还治病哩！

丰　收　娘，都是儿子不好，你别生气了。

苦　妞　（唱）苦日子滚来穷日子熬，

　　　　　　　　三十八年熬了你个独根苗。

　　　　　　　　多亏着改革开放政策好，

　　　　　　　　才让咱农民进城把活儿包。

　　　　　　　　如今你在京城有了名号，

　　　　　　　　娘我也在世人面前直起腰！

　　　　　　　　幸福的好日子咱刚上道，

　　　　　　　　你呀、你呀、你呀，

　　　　　　　　你狠狠地在娘心上扎了一刀！

丰　收　娘，孩儿对不起您……

苦　妞　娘我住在娘家五六十年了，这些年，我是咋熬过来的啊！

　　　　那时候咱穷得没人给你说媳妇，可人家秀贞不嫌弃咱，不要

　　　　彩礼，拿了几件衣服硬走进咱的家门……

　　　　　〔在苦妞的诉说中秀贞暗暗上场。

秀　贞　娘，还提那些弄啥。

苦　妞　我就是要提！咱千辛万苦地生法弄俩钱儿，你兜里一揣，屁

　　　　股一拍，走了。地里长的，家里养的，全撂给秀贞一个人

　　　　了。这些年，秀贞是咋……

秀　贞　娘——！

丰　收　（听见自己的手机响，欲接）

苦　妞　你给我摔了！北京，咱不去了！

秀　贞　娘，丰收还得去，工地上那么多人在等着他，投资又那么

　　　　大！那是上南地打坷垃哩，说不去就不去了？（对丰收）

　　　　你走你的。

丰　收　甜甜她……？

秀　贞　我把她交给老师了。

丰　收　（欲下）

苦　妞　你给我回来！把那个啥子协议给我撕了！

秀　贞　娘，离婚协议书在我这里。（示意丰收离开，丰收下）

苦　妞　秀贞，你……你同意了？

秀　贞　娘，是我，先提出跟他离婚的。

苦　妞　你？为啥？孩子，你跟娘说说，为个啥？

秀　贞　（唱）娘啊娘您莫把儿媳怪，

　　　　　　　　这秉性我还是向您学来。

　　　　　　　　既然是夫妻之间没有了爱，

　　　　　　　　又何必貌合神离两悲哀？

苦　妞　（唱）好媳妇你不讲我也明白，

　　　　　　　　你和我各有话都在心中埋，

　　　　　　　　几十年风风雨雨娘不害怕，

　　　　　　　　今日里最害怕你把娘离开。

秀　贞　（唱）多年来您把我如亲生看待，

　　　　　　　　当面教背后讲敞开襟怀。

　　　　　　　　您教我做女人不贱不矮，

　　　　　　　　穷日子过幸福把头高抬。

　　　　　　　　您教我为人处世心眼不能拐，

　　　　　　　　富日子过平安才是能耐。

　　　　　　　　我不忘您老的慈恩疼爱，

　　　　　　　　三春晖尚未报我怎离开？

　　　　　　　　娘啊娘，咱赶上个改革开放好时代，

　　　　　　　　好日子咱才刚铺开，

　　　　　　　　你谋我干咱巧安排。

　　　　　　　　咱娘儿俩立马干起来。

　　　　　　　　花草怎样种？

　　　　　　　　果木何时栽？

　　　　　旅游有生态，

　　　　　蔬菜无公害。

　　　　　再把小院腾出来，

　　　　　管吃管住搞接待，

　　　　　亮一亮你我的巾帼英才！

苦　妞　秀贞啊，你的一席话说得我心窝里蜜兜似的甜。

秀　贞　娘，您几十年都熬过来了，我还怕个啥。

苦　妞　是啊，我碰上那个货，你又碰上丰收这个赖种……咱俩的命
　　　　啊！

秀　贞　都是咱没碰上好男人。

苦　妞　你说，那些个男人，咱生了他们，养了他们，长大了，有权
　　　　了，有钱了，一个个的，咋恁不是货哩，又玩弄起女人来
　　　　了？

秀　贞　不是货，该生的也得生，该养的也得养。

苦　妞　有时候，也不全怨男人。　你说，俺丰收多好个人啊，可偏偏
　　　　碰见——听说还是个没结过婚的大闺女哩。

秀　贞　听丰收讲，这几年，他在北京找个活儿、贷个款的，全靠人
　　　　家帮的忙。

苦　妞　其他的事都该帮忙，可人家老婆没跟着，还管帮这个忙啊？

秀　贞　咱农家子弟也管把北京的大姑娘拐回来，这说明您儿有本
　　　　事。

苦　妞　我想好了，过几天哪，我到北京看看到底是个啥样的女人。

秀　贞　娘，别忘了您媳妇负责着咱村旅游开发哩，几个景区的设施
　　　　建设正打紧板，好多事儿还要和您商量，您要走了我不才作
　　　　难啊？

苦　妞　可我这心里气啊，消不掉！

秀　贞　这气，我替您消！　县里呀，要在北京召开招商引资恳谈会，

通知我去参加。　我瞅空见见那个女人……

　　［二人边说边下。

　　幕后合唱：爱融融，意融融，

　　　　　　　　婆媳俩，母女情。

　　［切光。

| 第三场

　　［北京某居民区。

丰　收　（上）

　　（唱）电话打，短信催，

　　　　　急急忙忙把京回。

　　　　　我来在绿苑小区内，

　　　　　等待开朗把家归。（巡视）

开　封　（提青菜上）

　　（唱）一套太极汗湿背，

　　　　　买了把嫩韭与茴香。

　　　　　鸡蛋煎饼最养胃——

　　　　　啊？　门口这人在找谁？

　　　　　你是……？

丰　收　大伯，你不认识我啦？　我叫韩丰收。

开　封　韩丰收？　开朗经常提到你，听口音……？

丰　收　我是河南的。

开　封　你是河南的？

丰　收　大伯，你也会说河南话？

开　封　三十多年前我在河南待过。 河南，好啊，地处中原，文化底蕴丰厚，是国家的大粮仓啊！ 河南人也勤劳。 听开朗说这几年你在北京，干得不错啊！

丰　收　多亏开朗帮忙，要不，我一个农民，能会有今天？

开　封　农民工，那是党中央都关心的一个群体，帮助你是应该的。

丰　收　大伯，开朗这几天没回来？

开　封　你找她有事？

丰　收　大伯，开朗没跟你说什么吗？

开　封　她呀，说了，说了。

　　　　（唱）她说你丰收有志气，

　　　　　　　敢来北京比高低。

　　　　　　　她说你聪明耐劳有能力，

　　　　　　　创业打下了好根基。

丰　收　（唱）这些年确实不容易，

　　　　　　　开朗她没少费心机。

　　　　　　　我又感动，又感激，

　　　　　　　我以后不会亏待你。

　　　　（高兴地）大伯，三室两厅的房子我给您老买好了，就在奥运村附近，十八层！

开　封　你不要讲了，我明白你的意思。 我问你，你家中有父母吗？

丰　收　有个娘。

开　封　有儿女吗？

丰　收　有个闺女。

开　封　不用问，你肯定还有妻子的。

丰　收　没……没有……

开　封　什么？　你没有妻子？

丰　收　离……离婚了。

开　封　（审视地）韩丰收，这就是你来北京的目的？　家中的妻儿老
　　　　小盼你个啥？　就盼你有钱了，风光了，娘也不要了，妻子也
　　　　不要了，孩子也不要了？　我明确地告诉你，像你这号人，即
　　　　使开朗愿意，我也不会愿意！（气得打个趔趄）

丰　收　（上前欲扶）

开　封　去、去、去！　你……你给我走开！　从今往后，我这个家，
　　　　你不要再来了，我不想看到你！

丰　收　我……（茫然地）你……你……

开　朗　（上）韩丰收，你怎么啦？

丰　收　你看你爸那个样儿，有什么了不起的！　不就是个专家，肚子
　　　　比我大点儿……

开　朗　住口！　不许说我爸！　你去那边等我一下，我去见见我爸。
　　　　〔丰收下。

开　朗　（向内）爸，我回来了。
　　　　〔开封复上。

开　朗　（上前搀扶）爸，你怎么啦？

开　封　都是你找的事儿！

开　朗　我找的事儿都是有经济效益的，一个大事儿几十万，小事儿
　　　　我还不干呢！　爸，生啥气了？

开　封　就是那个叫韩丰收的。

开　朗　（高兴地）你说的是原生态呀。

开　封　对！　我把他给撵走了！

开　朗　爸，那是我的朋友，你怎么随便下逐客令呀？

开　封　我问你，他是你的什么朋友？

开　朗　他是救过我命的朋友！

（唱）那一年我到工地去察看，

　　　　铁管掉落顷刻间。

　　　　他奋不顾身把我掩，

　　　　才使我命没丢掉身没残。

　　　　他敢于承担不畏险，

　　　　正是我心中的好儿男！

开　封　他这种舍己救人的精神是值得尊敬。可你考虑过没有，他是
　　　　有老婆、有孩子、有家的人啊。

开　朗　他不是已经离婚了吗？

开　封　他离婚不都是因为你吗？我知道，他救过你，你又努力地去
　　　　帮助他，你们是有感情的。可这种感情决不能建立在别人的
　　　　痛苦之上。

开　朗　那……你让我怎么办？

开　封　从现在起，你必须和他一刀两断！

开　朗　爸，感情的东西能是说了断就了断的吗？

开　封　是啊，这需要一个过程。如果你现在不去理他，会把这小子
　　　　逼到绝路上去的，不光毁掉了一个人，还会毁掉了一个企
　　　　业。

　　　　（略思）你去，还和往常一样地对待他，先让他打起精神把
　　　　工程完成好。孩子，你一定要自重！自爱！以后——你自
　　　　己看着办吧。（伤感地下）

开　朗　爸！

　　　　（唱）见爸他步履蹒跚脊背驼，

　　　　　　　一股悲凉入心窝。

　　　　　　　妈患绝症早早走，

　　　　　　　他子身一人过生活。

　　　　　　　痴心不改做学问，

　　　　　研究民俗又执着。

　　　　　常言父子有代沟，

　　　　　俺父女如同隔开一条河。

　　　　　爸爸啊，你对女儿疼爱多，

　　　　　女儿我不知该如何。

丰　收　（上）你看你爸那个态度！

开　朗　我爸的态度不代表我的态度。

丰　收　你的态度是——

开　朗　我跟你说，你必须立即回工地！我刚从那儿回来，大家伙儿
　　　　都在等着你呢。

丰　收　等我？

开　朗　我说你呀，受点小刺激就受不了，那以后还能干成什么大事
　　　　啊？我告诉你，工程是个大事，不去想想哪轻哪重？（用手
　　　　指脑门）要这个干啥！

丰　收　中，我这就去工地。（欲下）

开　朗　还有件事儿。旅游那一块儿，我准备开辟新的生态旅游景
　　　　点，向草原辐射，向平原辐射。建筑这一块儿就交给你了。

丰　收　（高兴地）中，中，中！我一定要把工程保质保量地完成！
　　　　（欲下）

开　朗　哎，回来回来，我还没把话说完呢，你着什么急呀。还有个
　　　　让你高兴的事儿——

丰　收　（欲问）

开　朗　你女儿的北京户口我已经办好了。

丰　收　（欲去握手，见开朗无动于衷）谢谢你！
　　　　〔切光。

第四场

［北京某地。

秀　贞　（上）

（唱）开会来到北京城，

　　　高兴得几夜没睡成。

　　　看鸟巢，登长城，

　　　升国旗更让我心难平。

　　　社会和谐民安宁，

　　　国家富强多宾朋。

　　　首都处处是胜景，

　　　城乡发展共繁荣！

开　朗　（上）秀贞姐！

秀　贞　大妹子，你咋又撵来了？

开　朗　刚散会你就要走，也不给我拨个电话！

秀　贞　俺来北京一趟也不容易，村里还有些事儿托俺办。

开　朗　你来北京人生地不熟的，有啥要办的交给我吧。

秀　贞　妹子，这几天你一直陪着我到这儿去那儿的，看你那么忙，
　　　　真不忍心再打扰你。

开　朗　那哪能叫打扰啊，过几天我还要带几个人到你们那儿考察旅
　　　　游项目，那才叫打扰！

秀　贞　那是俺邀请的您，还希望您多去几趟哩。

开	朗	所以呀，你就得听我的安排：今天你不能走！
秀	贞	妹子，家里真的很忙，停一天你还要去考察，我不得回去准备准备？
开	朗	秀贞姐，我感觉咱俩忒有缘分，你那不经意的善良，不做作的亲切，不遮掩的坦荡，城里人学也学不来。我爸要给我早生个哥哥，娶上你这样个嫂子该多好！
秀	贞	那——今后，你就喊我嫂子吧。
开	朗	那——我就认下你这个亲嫂嫂了！
秀	贞	今儿，我就攀上你这个好妹子了！
开	朗	（唱）人生有时就这么巧， 半路中捡了个亲嫂嫂。 这也是咱俩天生缘分好， 我爸爸若知道也喜上眉梢。
秀	贞	咱爸——他知道我？
开	朗	你送给我的那双鞋垫，他一见哪，你不知他那个兴奋劲儿！他本来就是研究民俗文化的，见了个草编剪纸都感兴趣儿，可都不像这一次，不知触动了他哪根神经，激动得他两眼热泪盈眶，安排我，无论如何挽留你一天，想见见你。
秀	贞	唉，不中，不中，俺还有事儿要办，等下一次吧，我再来多带些猫头靴子绣花鞋的。
开	朗	你今天一定要走？（手机响，看）来电话了。
秀	贞	是咱爸？
开	朗	不，是我的合作伙伴。（接电话）你快来吧。哎，我告诉你，我认了个嫂子，你们两个见见面。
秀	贞	是妹夫吧？
开	朗	眼下还不是，正在考察之中。对，正好你替我把把关。
秀	贞	不中，不中，妹妹你经济有实力，人品有魅力，北京当官的

满街都是，不是这个博士那个长的，你会要他？

开　朗　嫂子，这一次你可猜错了，他是个农——民——工！

秀　贞　农民工？

开　朗　你想不到吧？

秀　贞　啥样个农民工会把你给忽悠住了？

开　朗　他虽说是从农村来的，可他憨厚中藏着睿智，实在中透着机敏，有一种纯朴敦厚的泥土香味，眼下时髦的称呼叫"原生态"。

秀　贞　妹子，我给你说，你可别把农村扔的白菜帮子烂萝卜也当成了原生态。

开　朗　（手机响，看）他来了。（召唤）别打了，在这儿！

　　　　〔急忙上场的丰收与秀贞打了个照面，二人惊讶。

丰　收　（二人相对无语）

开　朗　嫂子，你们两个——认识？

秀　贞　（醒悟地）他是我……我的初中同学！

开　朗　（唱）恁两个原来是同窗学友，

丰　收　（唱）秀贞她为何来到北京街头？

秀　贞　（唱）好妹子变情敌我实难接受，

　　　　　　　按下去心头火我细探根由。

　　　　韩丰收，在北京混出个人模狗样儿了，连老同学也不认了。

开　朗　是啊，见了你老同学怎么拘束起来了？　当初你们恋爱过吧？

丰　收　我……没有……没有……

秀　贞　韩丰收，你是不是因为和你老婆闹离婚的事儿怕见我？

开　朗　好啦好啦，也不让你在这儿尴尬了，去买些果脯、烤鸭来，让咱嫂子带着。

　　　　〔丰收借机下。

开　朗　嫂子，感觉如何？

秀　贞　看他已经融入城市里头了，又是个企业家，蛮配得上你，就是……还可以，还可以。

开　朗　嫂子，你不知，
　　　　（唱）他初来北京的那时候，

　　　　　　　背个挂包四处游。

　　　　　　　大雪天躲在我家楼道口，

　　　　　　　我给他四个馒头一碗粥。

　　　　　　　为帮他我借助关系四处奔走，

　　　　　　　才使他资金项目不发愁。

　　　　　　　也是他聪明能干肯吃苦，

　　　　　　　才终于成了大气候！

秀　贞　（试探地唱）恁两个接触这么久，

　　　　　　　　　想必是情投意合木成舟。

开　朗　（唱）爸爸是个老学究，

　　　　　　　对我都是严要求。

　　　　　　　母亲有病早早走，

　　　　　　　不想惹他再犯愁。

　　　　我爸爸为这事，还在生我的气呢，说我拆散了别人的家庭。

秀　贞　这个事儿呀，包在我身上，我回去做好他老婆的工作。

开　朗　好嫂子，先谢谢你了。

秀　贞　你帮俺把旅游开发搞红火，就算帮俺的大忙了。 哟，开车的时间到了，我得赶快走。

开　朗　你等等丰收，让他开车送你！

秀　贞　不用了。

开　朗　（张望高喊）嫂子，等着我，我很快就会去的！

　　　　［幕闭。

第五场

　　　　［幕后响起《没有共产党就没有新中国》的歌声。 秀贞的声音：大家唱得好呀！　女：村主任，是你指挥得好。　男：村主任，下一次你还来给俺打拍子。

秀　贞　（边和幕后说话边上）中，中！

　　　　［幕的另一侧又传来了孩子们朗读《三字经》的声音。

秀　贞　（望着可爱的孩子，兴奋地唱）

　　　　孩子们学读经典声声脆，

　　　　老人们红歌唱得真抖威。

　　　　新农村日子越过越甜美，

　　　　农家嫂子创和谐俺不让须眉。

甜　甜　（上）妈！

秀　贞　甜甜，不逢星期，你咋回来了？

甜　甜　现在是国庆长假。　妈，俺奶没在家？

秀　贞　你奶呀，负责着托儿所那一摊儿哩，可忙啦。　甜甜，你明年就该高考了，还讲什么长假不长假的。

甜　甜　我是特意请假回来的，妈，你知道今天是什么日子吗？

秀　贞　（疑惑地）是啥日子？

甜　甜　（抱住秀贞）是妈妈你的生日。（从书包中拿出一个芭比娃娃，甜甜打开开关，芭比娃娃舞动着唱起了生日歌曲）

秀　贞　（情不自禁地）我的好甜甜，

（唱）见女儿还是恁乖巧可爱，

多少天的牵挂释心怀。

娘怕你伤了自尊少自爱，

娘怕你同学面前不敢把头抬，

娘怕你迷上网吧荒学业，

小小年纪把路走歪。

看今天你能够正确对待，

我闺女人小长个大胸怀，

将来一定是栋梁材！

甜甜，你回来得正好，咱村呀，家家都在准备接待客人，你帮帮妈的忙，去把咱那寿桃和甜柿一样儿摘他一篮。

甜　甜　知道了。（答应着下）

秀　贞　快些，别耽误事儿！（忙碌地下）

开　朗　（上唱）来到豫东新农村，

路杨河柳布绿荫。

平原风光别有韵，

瓜棚房舍满目新。

预先没有通个信，

搞个突袭看假真。

汾河南岸韩家湾，

一棵古槐照家门。

（喊）院里有人吗?

秀　贞　（边答话边上）有，进来吧！　哟，是妹子你呀，可把你给盼来了！

开　朗　来了，来了。

秀　贞　俺这家家户户都敞开了大门，迎接八方来客哩。

开　朗　听你们乡政府介绍，你还是这一带的名人，不但是新上任的

村主任，还是什么三六九工程总指挥长。 认了你这个嫂子，
我也感到挺光荣的！

秀　贞　那是乡里乡亲对俺的抬举。 一个地里刨食的农家嫂子，会有
啥能耐！ 以后呀，你还真得当恁嫂子的靠山。

开　朗　嫂子放心，这次来就是要把这一带的旅游资源开发起来。

秀　贞　妹子，可谢谢你啦。 走这么远的路，该渴了，我给你倒水
去。

开　朗　嫂子，别忙了。（环视）家里有个有本事的女人就是不一
样。

秀　贞　妹子，你尝尝俺这水。

开　朗　嫂子，这水好甜啊！

秀　贞　这才是真正的原生态哩！ 妹子，恁那城里人爱干净，你去卫
生间，俺那有自来水，有太阳能，该洗的洗洗，该冲的冲
冲。

开　朗　嫂子，那我去了。（下）

秀　贞　（看见开朗的提包，忽然想起，沉思）

　　　　（唱）开朗她突然来到家，

　　　　　　　倒叫我心中乱如麻。

　　　　　　　若问起在北京我承诺的话，

　　　　　　　该如何应对如何答？

开　朗　（上）大嫂，您的洗手间设计得真不错，达到了接待旅客的
标准。

秀　贞　妹子，有你这一讲，我就放心了。 今后呀，我这个生态旅游
园办得红火不红火，全看你了。

开　朗　嫂子你这么厉害，俺哥一定是个了不起的人物。

秀　贞　他呀，没在家，去上海跑单帮儿哩。

开　朗　啥时回来让我认识认识。

秀　贞　咱唱咱的戏，挨不着他的角。

开　朗　哎，嫂子……

秀　贞　我去把鱼给你炖上……

开　朗　嫂子你只顾忙呢，忘了吧？

秀　贞　噢，没忘，没忘，韩丰收说的都是实话，他们还是协议离的婚呢！

开　朗　韩丰收自从见到你，总像有什么秘密瞒着我。我说要他跟我回来一趟，吓得他在医院里躲了几天，这一次来我没跟他讲，就是想私访一下，探个究竟。

秀　贞　妹子，你还是城里人哩，现在有些夫妻不是说掰就掰，谁还论恁真，傻哩！

开　朗　嫂子，他们的协议书能拿来让我看一看吗？

秀　贞　我正想给你说这事儿哩，离婚协议书——我忘了给拿回来了。

开　朗　走，你领我去韩丰收家一趟。

秀　贞　妹子，他家远着哩，到那儿天就黑了，别去了……

开　朗　嫂子，爸爸经常跟我讲，做人要自重、自爱。咱做女人更应该这样。我一定要见见，看看他们的离婚协议书，听听他妻子的真实想法。

秀　贞　（手足无措地）妹子，你刚来，我也忙，先住下，我给你做饭去。吃了饭再说……

开　朗　（拿出户口本）你看，我把他女儿的北京户口给办好了，我想把这户口本亲自交给他的女儿。

秀　贞　（忘乎所以地夺过户口本）俺甜甜的北京户口办好了？！

开　朗　您甜甜？

秀　贞　哎！（忽然觉察失口）不……不……是……韩丰收的甜甜。

开　朗　韩丰收的甜甜？

开　朗　嫂子，见到您，我就把您当成世界上我最信得过的人，今天，只求您跟妹妹说句实话，你跟韩丰收……？

秀　贞　这是你要的协议书。

开　朗　（接过协议书，惊呆）嫂子，你……？！

秀　贞　这是我和韩丰收的离婚协议书，俺俩——已经没有任何关系了。

开　朗　（唱）见协议书我心也颤来目也眩，

　　　　　　　开朗我做梦都难信眼前。

　　　　　　　嫂子啊，我读不懂你的心胸多宽多远？

　　　　　　　在北京，为何不跟我吐真言？

秀　贞　（唱）好妹子你、你、你莫埋怨，

　　　　　　　你怎知嫂子我的酸辣苦甜？

　　　　　　　十八年……十八年前——

　　　　　　　爹阻拦，娘埋怨，

　　　　　　　我一个包袱挎在肩，

　　　　　　　来到这全县最穷的韩家湾，

　　　　　　　不嫌弃三间草房漏风雨，

　　　　　　　不嫌弃十年九旱的责任田。

　　　　　　　不嫌弃冬棉夏单无衣换，

　　　　　　　不嫌弃锅里锅外少油盐。

　　　　　　　和丰收习惯了起早睡晚，

　　　　　　　穷日子相依为命心相连。

　　　　　　　没想到他钱多名显把心变，

　　　　　　　我一腔怨愤该向谁谈？

　　　　　　　多少次我在汾河水边站，

　　　　　　　多少回夜望星斗难入眠。

　　　　　　　飒飒秋风冷，

滴滴露珠寒。

泪往肚里咽,

痛往心上钻。

难道说当个农民就该下贱,

难道说做女人就该讨人嫌!

都说是女人如水生性软,

须知道水也能把石滴穿!

古人讲上善若水意久远,

得理时宽容他人是大贤。

既然俺俩情已淡,

何必再去两为难。

为使他在京少羁绊,

俺协议离婚各有天。

好妹子你这样侠肝义胆,

韩丰收跟着你我无挂牵。

恁两个只管在北京谋发展,

老和小恁都不用把心担。

开 朗　我的好嫂子,你就是我人生的一面镜子,我知道该如何做的。

秀 贞　恁帮甜甜办个北京户口,就是帮俺的大忙了,将来孩子清华大学毕业,叫她去孝顺你和丰收。

　　　〔在秀贞的述说中甜甜上场,当她听明白之后,怒不可遏地冲进屋内,把水果砸向开朗。

秀 贞　(在与甜甜的撕扯中被拉倒)小甜甜,你想干什么?! 这位阿姨是来给你送北京户口的呀!

甜 甜　(夺过户口本)这就是北京的户口? 我不要,我不要!(甜甜把户口本撕得粉碎,撒向空中)

〔秀贞忙去拾。

开　朗　甜甜，你听我解释……

甜　甜　我不听你解释，你不要在我家！　我不想看到你！

秀　贞　你个死妮子，真的要气死我呀！

甜　甜　（委屈地）妈，我把它撕了，不是对您的不敬，也不是对阿姨的不恭，我要用我的行动证明：农家子弟能够靠自己的奋斗走进北京最好的学校！　阿姨，我给你跪下赔个不是，你可怜可怜俺妈，可怜可怜我，让俺爸回到这个家吧！　阿姨，我求求你了……

开　朗　甜甜……（抱搂住甜甜）

〔三人拥抱在一起。　切光。

第六场

〔秋景多彩的豫东平原。　场景中有"菱湖生态旅游园"字样。

苦　妞　（上）

（唱）农家院如今出灵秀，

　　　　俺秀贞心中都是好智谋。

　　　　无山无海有生态，

　　　　照样开发搞旅游。

　　　　这正是：

　　　　斑鸠枝头叫，

老虎山上吼，

鸟儿云里飞，

鱼儿水中游。

各有各的招儿，

各有各的路，

讲科学叫俺的心窍开了透，

人民币也兴往俺的兜里流！

看如今家家小康村村有，

俺农民再也不为穷发愁。

秀　贞　（提奖牌上）娘！

苦　妞　秀贞！你开会回来了？

秀　贞　娘，你看！

苦　妞　乖乖，又抱回来个金牌！

秀　贞　娘，还有一个好消息，上级把咱县十二个景点连起来，县长点名叫我挂帅哩。

苦　妞　（疼爱地）秀贞，你肩上的担子更重了。（接过秀贞的东西）我回去给你做饭。（欲下）

秀　贞　娘，跟你商量个事儿。

苦　妞　又有啥子求着娘了？

秀　贞　托儿所那一摊儿我已经安排老千婶先管着，娘，把工艺品展览这一块儿交给你。

苦　妞　这又是光荣任务？

秀　贞　当然是光荣任务啦！娘，北京来个专家，点名要拜访你哩！

苦　妞　北京的专家？要拜访我？

秀　贞　娘，你这非物质文化遗产传承人可是名声在外了。

苦　妞　（喜悦地）北京的专家要拜访我，那我得回家打扮打扮，别让人家说咱是老杂皮。（下）

秀　贞　别忘了把你那拿手的作品多准备几样儿。

苦　妞　中！中！

开　封　（上，吟诵）人法地，地法天，天法道，道法自然，此乃人间之大美也！

秀　贞　满口文词儿，准是北京来的专家。老人家，您是……?

开　封　我是来这里挖掘、调查非物质文化遗产呢。

秀　贞　我是这个村的村主任。县里给俺打电话了，就盼您来哩。

开　封　村主任同志啊，你好，你好。

秀　贞　坐那么远的车，一定很累，走，我领您到农家乐宾馆里休息休息。

开　封　不，让我在这田野里欣赏欣赏，我这也是故地重游啊！

秀　贞　故地？大伯，您来过这儿?

开　封　来过，来过！

秀　贞　大伯，您这河南话说得还怪地道哩。

开　封　那时候我在这里接受过贫下中农再教育，这一带我是非常熟悉的。我问你，是不是有个叫菱角湖的地方?

秀　贞　这儿就是。

开　封　（惊讶地）这就是?呀，变化太大了！哎，我向你打听个人——

秀　贞　说吧。

开　封　你这个年龄——不可能认识她，她就是这个村的。那时她才十八岁，两条会跳舞的小辫子，两只会说话的大眼睛，两个甜甜的小酒窝儿……快四十年了，她，早该出嫁，想必已是儿孙满堂了。

秀　贞　她叫什么名字?

开　封　在指挥部里给我们做饭，我们都喊她苦妞，苦妞……

秀　贞　苦妞?

开　封　你认识她?

秀　贞　我……不认识。

开　封　抽空你给我打听打听,我想见见她。

秀　贞　中。 大伯,俺的手工艺品展览馆就在前面,我领您去参观参
　　　　观?

开　封　谢谢你,我一个人走一走,看一看。(下)

秀　贞　(思索)他,四十年前在这儿过……要见苦妞? (忽然悟到
　　　　了什么,望)甜甜!

甜　甜　(上)妈,看你,忙得也顾不得回去吃饭了。

秀　贞　妈妈给你布置个任务。

甜　甜　啥任务?

秀　贞　(指点着后台)你看见那个穿西装的老爷爷没? 他找恁奶去
　　　　了,听听他们都说些啥。

甜　甜　哎!

　　　　〔在秀贞安排甜甜的当儿,开封上。 秀贞、甜甜暗下。

开　封　(上)

　　　　(唱)四十年故地重游,

　　　　　　　万千思绪涌心头。

　　　　　　　荒滩僻壤变锦绣,

　　　　　　　绿树成林水清流。

苦　妞　(上)

　　　　(唱)扎花绣鞋土织布,

　　　　　　　柳编提篮环保兜。

　　　　　　　样样出自农家手,

　　　　　　　一样更比一样优。

开　封　老嫂子,讲得好啊!

苦　妞　你——你就是上边来的专家吧?

开　封　你认识我?

苦　妞　看你这身穿戴，跟打着记号一样，俺会看不出来?

开　封　我也看出你来了。 你就是你们县长夸奖的手工艺高手!

苦　妞　啥高手!（掏出作品）俺正盼你来给俺指导指导哩，这手工
　　　　艺品，咋个也能与时俱进俱进?

开　封　你这是用机器绣的吧?

苦　妞　是啊，俺刚进了两台，做个试验。

开　封　（摇头）手工艺品，必须用手工，要不，就没有收藏价值
　　　　了。

苦　妞　这么说——机绣不中啊?

开　封　你看看我这双鞋垫，做工多好! 我已经收藏四十年了。

苦　妞　（见鞋垫，惊）这是谁送给你的?

开　封　四十年前，我在这儿当驻队干部的时候，有一位小姑娘帮助
　　　　做饭，大家都喊她——
　　　　　　〔二人注视，互相发现。

苦　妞　是你?

开　封　苦妞，我是开封……

苦　妞　俺知道你叫开封!

开　封　我是专程从北京找你来了。

苦　妞　你还知道想着我啊!
　　　　　　（唱）看见你的心发抖，

开　封　（唱）心发抖，
　　　　　　　　忘不了一夜恩爱，

苦　妞　（唱）一夜仇。
　　　　　　　　这真是不是冤家，

开　封　（唱）不聚首，
　　　　　　　　见了你，

苦　妞　（唱）见了你，

　　　　（二人同唱）又惊又喜，

　　　　（二人分唱）又愧疚。

　　　　　　　　　　又害羞。

苦　妞　（唱）多少夜我恨个够，骂个够，

　　　　　　难道你耳根不热心不抖？

开　封　（唱）多年来我想不够，忆不够，

　　　　　　怎能忘给我温柔的小苦妞。

　　　　（二人同唱）看一看，咱已是满头白发满脸皱，

　　　　　　　　　　却为何情没断来爱没丢？

开　封　（唱）这些年的路啊你如何走？

苦　妞　（唱）这些年啊滴滴苦水肚里流。

　　　　　　俺农民哪比得恁城里干部，

　　　　　　吃的是公家饭，

　　　　　　住的是公家楼，

　　　　　　吃和住恁都不发愁。

　　　　　　长颗心硬得像石头，

　　　　　　拍拍屁股你拔腿走，

　　　　　　全不讲我十八岁的农村妞。

开　封　（为苦妞抹泪）

　　　　（唱）我离开农村回城后，

　　　　　　一顶帽子压在头：

　　　　　　说我是复辟"资本"搞"四旧"，

　　　　　　几乎成了阶下囚。

　　　　　　良心债我如同蜗牛背着走，

　　　　　　见到你我千言万语万语千言哽在喉……

　　　　　　苦妞，我走了以后，你——

苦　妞　打你走了以后，俺就有病，俺娘带着俺南了北了地瞧，瞧着瞧着医生对俺娘说：别瞧了，领着恁闺女回去吧。俺娘吓得脸蜡白，问医生：咋？俺闺女的病没治了？医生嬉皮笑脸地跟俺娘说：恁闺女有喜了。俺娘当下就给我一巴掌，气得昏了过去。

开　封　那——你没做人流？

苦　妞　那个时候——啥子人流？

开　封　就是打胎。

苦　妞　俺一个十八九岁的姑娘，弄个大肚子，会不想点子吗？我抬大筐，挑大粪，半夜三更我跑到河滩里蹦，可这个劣种，还没成个儿哩，他就恁孬，在肚里打着提溜就是不出来，等大喊大叫地出来了，肥头大耳的，我还舍得再扔掉他？

开　封　那你……你以后没结婚？

苦　妞　大闺女生养个孩子……唉，你还问俺那弄啥！哟，俺孙女在那偷着看俺哩，我得走。（急躲下）

甜　甜　（上，望）刚才俺奶还在这儿哩，又去哪儿啦？

开　封　小姑娘，刚才那是你奶奶？

甜　甜　是啊。

开　封　你爷爷呢？

甜　甜　死了。

开　封　死了？

甜　甜　俺奶说，俺那个没良心的爷爷早死了。

开　封　那——你爸爸叫什么名字？

甜　甜　叫韩丰收。

开　封　（惊）韩丰收？你爸他是不是在北京打工？

甜　甜　是呀，老爷爷，你咋知道我爸？

开　封　（激动地）好孙女，我的好孙女！

甜　甜　（莫名其妙地）老爷爷，你咋啦?

开　封　你领我找你奶去，到时候你就知道了。（二人下）

　　　　〔秀贞、开朗边说边上。

开　朗　嫂子，我把投资商也给你带来了。

秀　贞　县里领导已经跟我说了。　嫂子我可是个有福气的人，关键时候，总有贵人相助。

开　朗　嫂子的信息真灵通。

秀　贞　别忘了现在是信息化时代，不瞒你讲，恁嫂子已经学会打电脑啦!　哎，你啥时候让那个投资商来见见我?

开　朗　肯定会让你们两个见见面。　我这次来还有个急事儿要你帮我办。

秀　贞　说吧，啥事儿?

开　朗　我爸他一个人来这儿了。

秀　贞　刚才来了一个专家，不知是咱爸不是。

开　朗　走，咱两个看看去。（二人欲下）

甜　甜　（兴高采烈地上）妈!　妈!　（看见开朗，不好意思地）阿姨又来了。

开　朗　阿姨我又来了。

甜　甜　妈，我找到我亲爷爷了。

秀　贞　你亲爷爷?

甜　甜　他真是我亲爷爷!　他和我奶奶呀，

　　　　（唱）一个跑来一个追，

　　　　　　　一会儿喜来一会儿悲。

　　　　　　　老爷爷搂着我喊着孙女满眼泪，

　　　　　　　弄得我不好答话不好推。

　　　　　　　老爷爷看我不知真和伪，

　　　　　　　对我说不信可做做 DNA。

妈，我爷爷说他不准备走了，要在咱这儿成立个民俗研究中心哩！

开　朗　我爸是你亲爷爷，怎么把我弄得一头雾水啊？

甜　甜　阿姨，你答应我的事儿……

秀　贞　甜甜，别叫阿姨了，改口喊姑吧！

甜　甜　喊姑？　妈，我咋也是一头雾水啊？

丰　收　（上）甜甜！

甜　甜　爸。

开　朗　他就是我给你带来的投资人，韩丰收！

秀　贞　（万般滋味涌心头）他不就是在北京混了个人模狗样的韩丰收？　我……我不要！（欲下）

开　朗　嫂子！

秀　贞　妹子，谢谢你……（抽身下）

甜　甜　妈！（拉丰收）爸，快找俺妈去吧！（二人追下）

开　封　（上，正焦急地寻找，见开朗，不好意思地）开朗，你也来了。

开　朗　爸，你来，也不跟我说一声。

开　封　我是来这儿搞民俗调查的。

开　朗　跟自己的女儿也不说实话啊。　我妈临终的时候给我讲了，你在乡下有一个……

开　封　孩子，你知道她……她是谁？

开　朗　我全知道了。

丰　收　开朗、开朗！

开　朗　哥哥！

开　封　（情不自禁地走近丰收）丰收，我是你——亲生父亲啊！

开　朗　哥哥，你喊声爸爸！

丰　收　（看开封无限感慨地）不，不！　我没有爸爸！

（唱）四十年俺娘儿俩全是苦水，

　　　　春到夏秋到冬娘指望谁？

　　　　睁开眼见俺娘满眼是泪，

　　　　逢年节见俺娘满心是悲。

　　　　有难时相依为命互安慰，

　　　　半夜里俺不知哭醒几回。

　　　　那时候盼爸爸爸在哪里？

　　　　我多想喊声爸爸可我该喊谁？

　　　　到如今喊爸爸我实难张嘴，

　　　　喊声爸你也该想配也不配。

开　朗　哥，

　　　　（唱）你也别在这发狂威，

　　　　　　想想你是怎作为？

　　　　　　爸爸当年他不对，

　　　　　　你今日为何又把良心亏？

　　　　　　你们的基因相匹配，

　　　　　　爷儿俩谁也别说谁！

开　封　孩子，四十年来，都不容易，过去的，让它过去吧。咱要把今后的日子过幸福啊！

甜　甜　（急上）爷爷，爸，姑姑，俺奶跟俺妈在那汾河堤上流泪哩！

　　　　〔后天幕出现秀贞、苦妞两个曾被抛弃又非常坚强的女性的身影。

开　朗　甜甜，你看！

　　　　〔众一起仰望。

丰　收　（搀扶着开封）爸！

开　封　孩子！咱……咱错了，不能再背良心债了！

丰　收　（跪向秀贞）秀贞！

开　封　（与丰收同时，跪向苦妞）苦妞！

　　　　　［音乐声起，切入戏歌。歌词附后。

　　　　　［秀贞、苦妞转身面向观众。

开　朗　（扑向苦妞）妈！

甜　甜　（与开朗同时，扑向秀贞）妈！

　　　　　［开朗、甜甜也同时地喊。

开　朗　爸！

甜　甜　爸！

　　　　　［在戏歌中苦妞、秀贞分别把开封、丰收搀起，他们相互审
视着，喜悦着，享受着，激动着。

　　　　戏歌：跪下，良心向道德跪下，

　　　　　　　这不是屈辱，是道德的升华！

　　　　　　　让道德在良心的田野里发芽！

　　　　　　　家中男和女，

　　　　　　　世上你我他，

　　　　　　　人人耕耘好自己的心田，

　　　　　　　甜美的日子就会走进万户千家。

——剧终

我演《农家嫂子》

尹美娜

我戏校毕业,走进了项城市豫剧团。不久,正赶上我团要排大型现代豫剧《农家嫂子》。当时剧团团长是赵玉环,我们都喊她环姨。她宣布让我演女一号。我听到后,既激动又忐忑,既高兴又惶恐。因为这个戏要参加河南省第二届县(区)级戏剧大赛的呀!任务紧急(当时正赶排庆祝国庆六十周年晚会节目),责任重大。对于我这个没演过多少戏、更没演过这么大角色的年轻演员来说,压力非常非常大!

让我庆幸的是我有疼我爱我的两位老人:一位是编剧李泓爷爷,一位是谱曲刘坦爷爷。

李泓爷爷给我读了剧本,并讲述了他写《农家嫂子》的初衷与经过。

我也是农村的,我的家乡在改革开放中属于我市最活跃的乡镇,外出打工以后腰杆粗了的非常多。我也曾目睹了一些抛妻弃子的真实现状。可怜的农村女性,穷怕了,为了孩子,为了面子,苦怕了,不想丢掉刚富起来的日子,只好忍气吞声地睡空床,守活寡。对农村妇女充满着热爱与同情的李泓爷爷多次下乡采访,费尽心血写就了这样的故事。可李爷爷的高明之处是在这个剧中塑造了一个不甘忍辱负重又自强不息的新时代农村女性。当她——剧中的秀贞发现了自己曾经剪掉辫子卖了八十元钱让她的丈夫——剧中的丰收作路费外出打工,多年以后丈夫却变了心时,不等丰收开口,她主动提出与丰收离婚。变了心的他要把银行卡给秀贞,以弥补良心上的愧疚。可秀贞不要,只要婆母与女儿!我主演的正是这样一个善良又性格刚强的农家嫂子。

喜欢李爷爷的唱词,如同家常话,充满泥土味儿,唱起来句句入情,字字钻心。第一场当丰收醉酒回来二人见面时,有这几句唱:

省俩钱你给我买个它呀,我爱不释手。

半夜里你还和我喋喋不休。

不知道何时它成了个瞎话篓,

听不出还有多少真话在里头。

这四句词唱出了现代化通信工具(手机)初买回的时候成了夫妻二人"喋喋不休"的恩爱见证,当丈夫有了外遇之后反而成了"听不出还有多少真话在里头"的"瞎话篓"。下面又唱道:

红了高粱熟了豆,

三伏过后到中秋,

这正是亲人团圆的好时候,

你却是一个忙字万事休。

难道说一天的空闲也没有?

桑塔纳,高速路,

中途不用再加油。

"村村通"就到咱家门口,

回来后你却住在迎宾楼。

夫妻情竟到了如此地步,

难道你还是我疼不够爱不够的韩丰收?

既然是恩也丢来情已走,

不共枕又怎能反成仇?

要离婚我现在就吐口,

> 只求你不上法庭不外露，
>
> 好合好散好分手，
>
> 省得咱闺女难受娘担忧。

这些唱词不空洞，不干瘪，有画面，有时代感，全是一个情字在里面，演员就喜欢这样的唱词。我每每唱到此处，就动情得眼里窝着泪水。

更感谢谱曲的刘坦爷爷。好多谱曲的大家多是让演员为他服务。可刘爷爷是根据我的嗓音条件、我的音域，根据剧中人物的此情此景来谱曲，为演员服务，为剧中人服务。我的每一段唱腔都是唱着好唱，听着好听。

演李泓爷爷的剧本也让我学到了许多知识与做人的道理。《农家嫂子》中，我有一个三十四句的核心唱段，其中有这几句：

> 都说是女人如水生性软，
>
> 需知道水也能把石滴穿！
>
> 古人讲上善若水意久远，
>
> 得理时宽容他人是大贤。

我唱了这段戏才知道"上善若水"原来是老子《道德经》中的名句，才知道水利万物而不争的做人道理。明白了它的含意，才能够把看起来很干的词唱出甘醇来。

《农家嫂子》于 2009 年参加了河南省第二届县（区）级戏剧大赛，荣获了演出、剧本等多项大奖，也是全省参赛剧目中获奖最多的一个戏。我也荣获了演员一等奖（剧中共六个人物，六个演员全部获了奖：两个一等奖，两个二等奖，两个三等奖）。

《农家嫂子》让我的人生光彩起来，光亮起来，享受起来，幸福起来！感谢《农家嫂子》，感谢李泓爷爷和刘坦爷爷！

（尹美娜，项城市孙店镇人，中共党员，河南省戏剧家协会会员，项城市豫剧团原行政团长。曾荣获河南省第二届县（区）级戏剧大赛表演一等奖、河南省第五届少儿曲艺大赛园丁奖以及周口市戏剧小品大赛四个表演一等奖。现为项城市文化广电和旅游局公共文化股负责人。）

豫剧现代戏

农家巧妮

时间：当代

地点：农村

人物：李巧妮，女，二十多岁，返乡农民工。

何巧娘，女，四十多岁，李巧妮的母亲。

田四清，男，四十多岁，朱巧婆的儿子，村干部，翻砂老板。

朱巧婆，女，八十多岁，老党员，田四清的妈妈。

田孝男，男，二十多岁，回乡创业的大学生，朱巧婆的孙子。

尚皓仁，男，六十多岁，退休乡镇干部，驻村第一书记。

哑巴能，男，三十多岁。

铁李拐，即李天河，男，二十多岁。

周凤芹，女，三十多岁。

第一场

[田四清家院内外。

尚皓仁　（上，唱）心有急事睡不稳，

连夜赶回长虹村。

省城转来了检举信，

手机里发的有视频。

田四清胆大妄为太过分，

半夜里狼烟动地搞翻砂得罪了四乡邻。

这两年治理污染抓得紧，

田四清啊田四清，你扒的豁子太大，我可替你堵不住了，

村干部以身试法你要丢大人！

（喊）四清，田四清！

朱巧婆　（上）哟，是尚乡长啊。你找四清有事儿？

尚皓仁　我劝他转转产别再干这个了，他不听，这一次可惹出大事了！

朱巧婆　你说啥？

尚皓仁　他半夜里是不是又偷偷地翻砂了？

朱巧婆　这个赖种，要是个烤火盆子我早给他踢翻了。我跟他吵着闹着，他又拉着几个人干了一夜。他呀，还在屋里睡着哩。

尚皓仁　（看）没在屋啊。

朱巧婆　没在屋?

田四清　（急上）娘!　尚乡长，你来了——

尚皓仁　（拉田四清一旁）你……

朱巧婆　四清，你该饿了，我给你盛饭去。（下）

田四清　我不知道消息咋传恁快，这边没熄炉，省环保局就知道了。

尚皓仁　（掏手机）你看，实名举报。　是咱村有个叫李巧妮的。

田四清　是她?

尚皓仁　这个人我咋没见过?

田四清　何巧娘的闺女，你第一次来长虹村的时候，她还很小，现在在福建沿海打工，前天才回来。　这闺女她爹死后我没少操她的心，没想到一回村就跟我干上啦!

尚皓仁　不能怪罪人家，是咱做错了事。

田四清　啥?　我做错事了?　我错在哪儿啦?

　　　　（唱）为让乡亲有钱花，

　　　　　　　我带领大家搞翻砂。

　　　　　　　前些年夸我村办企业成绩大，

　　　　　　　今天又说我犯了法。

　　　　　　　到县里我问个明白因为啥，

　　　　　　　任咋处理我没话答!

尚皓仁　你看你那脾气，咋比翻砂的炭火还旺呀!　当个村干部，又是共产党员，咋不与时俱进哩!　前些年只要挣到钱，要求没那么严。　现在是既要金山银山，更要绿水青山，环境污染治理是头等大事。　我问你，停产通知给你下几次了?

田四清　三次了。

尚皓仁　田四清，就这一条就得处理你!　党员干部，你眼里还有党纪国法没有?

田四清　那……要不，我外出躲两天，你再到县里找找人?

尚皓仁　都啥年代啦，你想叫我晚节不保啊！ 只有一条出路：你去投案自首。

田四清　中，我马上就去。

尚皓仁　我也赶快回镇里跟镇党委汇报一下，尽量争取从轻处理。

田四清　我一去不知几天才能回来，你先走着，我跟俺娘交代一下。

尚皓仁　（欲下又回）我去村外看看，如果有警车来我先说一下，不让他们进家，省得你娘挂念。 记住，见了领导敛点脾气，多承担点责任。（下）

田四清　娘！

朱巧婆　（端饭上）哎，我又给你炒个番茄鸡蛋。

田四清　（端起碗深情地望着朱巧婆）娘，稀饭碗里卧了两个荷包蛋，你又给我炒了一盘。

朱巧婆　娘知道你最爱吃鸡蛋。 还记得那一年吗？ 你过生日我给你煮了两个鸡蛋，你上学走了以后，我端起面条，才知道你偷偷地放我碗里一个。

田四清　娘，今儿再让我喂你一个。

朱巧婆　现在鸡蛋不稀罕了，我吃不会再做？

田四清　娘，你不吃我也不吃。

朱巧婆　又跟娘耍小孩子脾气不是？

田四清　娘，不管我长多大，在你跟前，我，我永远是个小孩儿。

朱巧婆　俺铁蛋说得是，我吃——
　　　　（唱）一个鸡蛋喂得我眼泪汪汪，
　　　　　　　孩儿再大也叫娘扯肚挂肠。

田四清　（唱）娘为儿四十多年独身硬扛，
　　　　　　　报不完三春晖骨肉情长！

朱巧婆　（唱）好孩子守身边娘心里清亮，
　　　　　　　你放不下一身病的年迈老娘。

田四清	娘，我要去县里开会，可能得个十天八天的。
朱巧婆	去吧，去吧，你不用挂念我。
田四清	娘，我知道，再有几天，你，八十六岁的生日就要到了，我不能在家给你祝寿了，我给买……
朱巧婆	你别给我买蛋糕。 你能不知道？ 我多年就不吃甜的了。
田四清	（从怀里掏出）娘，我给你买了一副耳坠儿。
朱巧婆	好，好，娘喜欢！ 我还真没戴过这东西哩。 应闺女的时候不兴，说是小资产思想；跟恁爹成了亲，生你那年又赶上"四清"运动，恁爹他……

　　[外边警车响，田四清紧张地看着娘。

朱巧婆	（没事似的）那一年恁爹可怜一个讨饭的，留他在咱家住了一夜，就这，说恁爹同情盲流分子，政治不清，斗恁爹个四不清党员，恁爹气不忿儿跟工作队吵了一架，心里一直过不来，一场病害得命也没了……记住：可不能学恁爹那犟脾气，遇事要想开点。

　　[外边警笛又鸣。

田四清	娘，我给您老磕个头，算给您老祝寿了。（跪下磕头）
朱巧婆	走吧，娘不挂念你……

　　[四清无可奈何地下。

朱巧婆	四清，再拿件换洗衣裳。

　　（唱）一见我儿他、他、他、他被带走，
　　　　　我这心已碎来魂也丢！
　　　　　十几年当干部你没爬出家门口，
　　　　　为乡亲能致富你四处把人求。
　　　　　办企业你请来了翻砂师傅，
　　　　　乡亲们挣到钱夸你是好带头。
　　　　　这政策咋说变就变叫俺摸不透，

　　　　带头人却为何又被拘留？

　　　　叫俺带头俺积极带头，叫俺致富俺慌着致富，烧个炭，冒个烟，咋会恁严重哩？（急上村头观望，忙去摸扶东西欲晕倒）

　　〔李巧妮上，忙搀扶巧婆。

李巧妮　巧婆奶奶！　你这是咋啦？

朱巧婆　公安局把你四清叔带走啦。

李巧妮　（惊）刚才那警车就是带俺四清叔哩？

朱巧婆　有人告你四清叔了。

尚皓仁　（上）你是不是叫李巧妮？

李巧妮　是啊。

尚皓仁　（掏出手机）这视频是不是你发的？

李巧妮　是啊。

尚皓仁　省环保局看到这个视频后，立即指示咱县环境保护执法大队，执法大队就来人了。

李巧妮　（茫然地）奶奶，我真不是有意告俺四清叔……

朱巧婆　孙女，别难受，不怨你……（又欲晕倒）

尚皓仁　赶紧背着恁奶上医院！

李巧妮　奶奶！

第二场

　　〔村街上。

何巧娘 （上唱）骂一声巧妮小祖先，

村里事你咋该拦惹宽！

管他污染不污染，

这事与咱啥相干！

（向内左）她老狼叔，见俺巧妮没？

〔内应：见了，见了，昨天还在俺竹园里转悠哩。

何巧娘 废话，我问的是今天。（向内右）她人彩婶子，看见巧妮去

哪儿啦？

〔内应：上镇里给巧婆取药去了。

何巧娘 （掏手机）死妮子，也不跟我说一声。 喂？ 喂！（边打电

话边下）

李巧妮 （上，唱）过去为穷往外走，

一心想离开这长虹沟。

如今我回村再奋斗，

也让俺长虹村地风流来人风流。

谁料想一个视频惹大祸拘留了四清叔……

男村民甲 （与男村民乙边说边上）田四清这几年领着咱搞翻砂没少

挣钱，如今却被抓起来了，咱长虹村又出能人啦。

男村民乙 告翻砂是污染环境，有本事你弄回来个不污染的叫俺干

干！ 把田四清告倒，不知道她心里咋想的呢。

〔二人边说边下。

李巧妮 （唱）难听话一句句砸我心头。

无处讲无处说心里难受，

不知是走还是留？

女村民甲 （挺着个大肚子）李、巧、妮……

李巧妮 桂兰嫂子，你行动不方便，咋出来了？

女村民乙 巧妮，你这个主意好。 咱长虹村那千把亩地的清净坡，原

来是知青林场，开发成园林农家乐园，光郑州、开封的老知青就能带火它。

女村民甲　让那些男人也不用外出打工了。 你看，我得侍奉卧床的公爹，又快生第二个孩子，俺那个货，又没有理由往外走了。

女村民乙　是啊是啊，你就放心地干吧。 我扶她去医院看看。

〔乙搀扶甲下。

李巧妮　（唱）看人家金山银山山清水秀，

　　　　　　种果树搞起了生态旅游。

　　　　　　多想让乡亲们也家家富有，

　　　　　　多想让长虹村也气爽风柔。

　　　　　　难道是我不知天高地厚？

　　　　　　难道是我年轻爱出风头？

　　　　　　有人赶我走，有人把我留，

　　　　　　事到临头我犯了愁，

　　　　　　我成了长虹浪里无舵舟。

何巧娘　（打电话上）死妮子，咋不接电话呀？

李巧妮　别打了，我回来了。 妈，我把药给俺巧婆奶送去，再把你做的"霸王别姬"汤给巧婆奶送去一碗。

何巧娘　你巧婆奶吃药喂饭有我哩。 东西给你收拾好了，十二点还有一班车，赶快去挣你的钱。 你也该自己操自己的心啦，眼气人家沿海的环境优美就在那地方找个婆家，娘也跟着你享受享受外边的青山绿水，呼吸呼吸人家的新鲜空气。（进屋）

李巧妮　妈，你不是不让我在外边谈朋友吗？

何巧娘　（拉出拉杆箱上）恁爹一走我管不住你，寻得远远的，省得在家惹事儿。

〔铁李拐和哑巴能上。

何巧娘	恁俩又来吃饭的不是？ 先去屋坐下，我把巧妮送上车。
	（欲把拉杆箱递给李巧妮）
	［哑巴能与铁李拐同上。
哑巴能	（欲夺过拉杆箱，哇哇说话）
何巧娘	（误解地）不用你送了，恁俩先吃饭去，有馍有菜的，吃多吃少自己盛。
哑巴能	（气恼地与李巧妮拉扯）
李巧妮	哑巴叔，我自己拿得动。
哑巴能	（仍不松手）哇哇哇！
何巧娘	（夺过拉杆箱）这是咋啦？ 巧妮惹你啦？ 李天河，哑巴不会说话，你长个嘴是光来我这儿吃饭哩？ 我哪一点对不住你啦？ 这两天，你来吃饭收你一分钱没有？
铁李拐	哑巴说，今天不能让巧妮走。
何巧娘	为啥？
铁李拐	为啥？
	（唱）巧妮她人小本事大，
	一封信把俺的饭碗砸。
何巧娘	你俩不是天天来我这儿吃饭吗？
铁李拐	（唱）俺肚里不缺酒和肉，
	（白）如今缺这（比画）
	不让翻砂俺没钱花。
	（白）我和哑巴都是残疾人，李巧妮，田四清怕你，俺可不怕你，我到残联告你去！
	（唱）没钱花就找你巧妮要，
	不给钱你不能离开家！
何巧娘	你哑巴叔——
哑巴能	（指指铁李拐）

何巧娘　李天河，你跟巧妮是一个老太爷的叔伯兄妹啊，你应个哥就
　　　　　这样吗？

铁李拐　知道有这层关系她还检举俺，亏着俺残疾，要不也进拘留所
　　　　　了。

何巧娘　她哑巴叔，她天河哥，我给你作个揖，赔个不是中不中？
　　　　　（欲跪）

李巧妮　（忙阻拦）妈，你不能这样，我没做错！

铁李拐　啥？你没做错？好，好，你做得对中不中？！（暗示哑巴
　　　　　能）

哑巴能　（上前去抢李巧妮的拉杆箱，二人撕扯，李巧妮被甩倒在
　　　　　地）

朱巧婆　（急上）恁俩想咋着！（照哑巴能头上敲一拐棍）

哑巴能　（正欲发火，回头看是朱巧婆）哇哇哇……（抱头躲下）

朱巧婆　李天河，仗着你瘸着个腿，村里没人敢惹你，今儿个我不能
　　　　　饶你！（举拐杖撵着打铁李拐）

铁李拐　（边躲边狡辩）奶奶，这事不怨我……
　　　　　〔二人走圆场，铁李拐被绊倒在地，朱巧婆也终于体力不支
　　　　　欲倒，李巧妮急搀扶，朱巧婆顺势倒在李巧妮怀里。何巧娘
　　　　　扶铁李拐下。

朱巧婆　孙女啊，这两天你侍奉我的时候，你总是偷偷地抹眼泪，我
　　　　　知道你心里有委屈。

李巧妮　奶奶，我向上级反映情况，真的不是针对俺四清叔的。

朱巧婆　我知道，你不能总把这事儿放在心里。

李巧妮　奶奶，
　　　　　（唱）睡梦中您满眼热泪睡不稳，天下父母都有一颗疼儿的
　　　　　　　　心。
　　　　　奶奶啊，一百个头也洗不清我万般悔恨！（磕头）

朱巧婆　　（扶起磕头的李巧妮，紧紧搂在怀里）我的好孙女！

李巧妮　　（唱）对不起你……你……你八十多岁的年迈老人，我的奶
　　　　　　　　奶啊！

朱巧婆　　孙女，咱不哭，听奶奶跟你说，你没做错，是恁四清叔他错
　　　　　了。他是我的儿子，他是党员，也是党的儿子，犯了错党该
　　　　　管教他。想当年，我还检举过我亲舅哩。1958 年"大跃
　　　　　进"的时候挖咱这条长虹河，我是铁姑娘队的队长，挖土方
　　　　　抬大筐，一干都是天明到天黑。我舅在食堂里管大伙，怕我
　　　　　吃不饱，偷偷地给我揣怀里四个大蒸馍。那时我刚火线入
　　　　　党，正积极着哩，把他检举出来了，工地上连着开了他几场
　　　　　批斗会。到现在我也不后悔，谁叫咱是党员哩。

李巧妮　　可我……还不是共产党员。

朱巧婆　　写申请，入！我当你的介绍人。

尚皓仁　　（内喊：李巧妮！上）巧妮，听说你要走?

李巧妮　　俺妈把东西都给我收拾好了。

尚皓仁　　别走了，县里领导不让你走了。

李巧妮　　（误解地）不让我走了?为啥?

　　　　　〔何巧娘急上，铁李拐嘴里吃着饭随上。

何巧娘　　尚乡长，咋不让俺巧妮走啦?

尚皓仁　　这是好事儿，巧妮，

　　　　　（唱）你的建议县领导非常高兴，

　　　　　　　　清净坡是一个富民工程。

　　　　　　　　常委会认真研究做出决定，

　　　　　　　　长虹村要树为全县的典型。

　　　　　　　　指示咱说干就干立马行动，

　　　　　　　　巧妮呀，返乡创业你要带头立功。

何巧娘　　这是咋回事?

尚皓仁 是这么回事，巧妮给县里领导写了一封信，要把清净坡开发成生态旅游景点。清净坡曾经是知青林场，郑州有个老知青也准备来这儿投资哩。别看巧妮没上过大学，那封信把对家乡的热爱之情写得入心入肺，我看着就光想流泪。县委研究决定，要在资金和政策上给予大力支持。

李巧妮 谢谢领导的关怀。

朱巧婆 这下可好了，老弱病残的，像我这年龄大的都有活儿干了。也省得那些闲着没活儿干的人不是去赌博就是信神信鬼的。

尚皓仁 更主要的是让外出打工的媳妇们又回到家门口创业，让孩子有了娘，丈夫有热床，老人有人养，家庭更安宁。李巧妮，你做了一件大好事！

李巧妮 尚书记，

（唱）你的话如同三春暖，

回乡创业我吃了定心丸。

妈，我哪儿也不去了！

何巧娘 中！咱哪儿也不去了，回来创业，妈支持你！

李巧妮 （唱）只要咱撸起袖子加油干，

长虹村也会是碧水蓝天！

尚皓仁 李巧妮，你的担子很重，困难也会很多，咱金鸡岭镇党委全力支持你，特派我这个退休的又回来当长虹村的第一书记。哎，李天河，听说你和孟繁荣来找巧妮的事儿哩？

何巧娘 （打圆场）没有没有，他俩是来这儿吃饭哩。

尚皓仁 李天河，你还记得吗？你七八岁的时候，咱这长虹由于上游造纸、化工那些乡下污染企业往河里排污，鱼虾不生，莲藕不长，你去河里洗澡感染上病毒才截肢的呀。如今河水好了，咱自己却去污染空气，巧妮向上级反映情况，砍掉污染企业，建设美丽乡村，有啥不好？你别好了疤瘌忘了疼！

李巧妮　天河哥，广州有一家假肢工厂可免费为贫困残疾人安装假
　　　　肢，我跟他们联系下，看能不能给你安一个。

铁李拐　中，中。

哑巴能　（急上，比画着）哇哇……

铁李拐　他说，他闺女巧花今天没去上学，被一个来应聘的妇女拐走
　　　　了。

朱巧婆　啥？　小巧花叫人家拐走了？

李巧妮　一个来应聘的女的？（略有所思）

何巧娘　那么乖巧懂事，她都十二岁了，不可能随人家走。

尚皓仁　快组织人找去！

李巧妮　大家不要着急，我去看看。　妈，你搀着俺奶到咱家歇会儿。

尚皓仁　我也混顿饭吃去。

　　　　〔众分下。

第三场

　　　　〔或村头，或河堤。

李巧妮　（上，喊）巧花！　巧花！　你在哪儿哩？
　　　　（唱）不料招工出了差，
　　　　　　　引得巧花找妈妈。

孟巧花　（上，唱）妈妈妈妈你在哪儿？
　　　　　　　我日日夜夜想妈妈。

李巧妮　（拿书包）巧花，你咋又从学校跑出来了？　老师夸你是个非

常用功的好学生，舍不得旷课，咱今儿也不能旷课。 我把书包也给你拿来了，走，我送你上学去。

孟巧花　不，我不去，我一到学校，同学笑话我，说我爸是个哑巴，说我是个没娘的孩子。

李巧妮　好孩子，你跑出学校找妈妈，你知道谁是你妈吗？

孟巧花　我知道。（欲言又止）

李巧妮　你知道？

孟巧花　姐，我跟你说了，你可别对俺爸讲。

李巧妮　你讲吧，我不会。

孟巧花　（唱）大前天我放学正回村，

　　　　　　　一个女人把我跟，

　　　　　　　拉住我不住把话问，

　　　　　　　还脱鞋看看我的右脚心。

　　　　她还给我一件花裙子，里面还有一本《新华字典》哩。

李巧妮　听我的话，如果真是你妈妈，我会帮你找到的。

孟巧花　真的？

李巧妮　真的。 该上课了，走，我送你去学校。

孟巧花　不，姐，我知道这些天你很忙，你看，路上都是我的同学，我自己去吧。

李巧妮　到了学校让老师给我打个电话。

孟巧花　哎！（下）

李巧妮　（有所思地）啊，想起来了，

　　　　（唱）这女的名叫周凤芹，

　　　　　　　三四十岁是单身。

　　　　　　　种葡萄是她的拿手活儿，

　　　　　　　这正是眼下需要的人。

　　　　巧花真是她的亲生女儿，她就不会再走了，这是两全其美的

好事儿！ 她在小旅馆等我的信哩，我赶快见见她去。（下）

铁李拐　（上，唱）巧妮说话不落空儿，

办起事来真利索！

安假腿已给我联系妥，

高兴得我几夜没睡着。

恁想想，我又成了帅小伙，

不耽误春节头里娶老婆——我咋会不快活！

车票也买好了，手续也办好了，巧妮还安排我一个事儿，附近村里还有几个闺女在福建竹编厂里打工，让我去动员她们回乡参加巧媳妇工程。 待我假腿安装好，再买身好衣服，也好在她们面前刷刷我的存在感，说不定啊，还真能物色一个呢。 这真是解大手拔萝卜，一举两得！

哑巴能　（上）哇，哇?

铁李拐　哑巴能，你咋来了?

哑巴能　哇，哇……

铁李拐　你是说我走了你咋办? （向众）是啊，他是我的腿，我是他的嘴，俺俩是绝配。 这些天他闺女又闹着上不学，说有个女的是她妈，生怕他女儿被带走了。

哑巴能　（拉着铁李拐）哇哇!

铁李拐　（向哑巴能）你不让我走? 不中不中! 你不用怕，跟巧妮讲，不中了把那个女的赶走。 等着赶火车，我走了。

哑巴能　（招手再见）

　　　　〔二人分头下。

田孝男　（上，唱）放飞梦想报春晖，

大学毕业把乡回。

贡献青春学父辈，

不负祖国苦栽培。

（掏手机）喂，你是不是清净坡工程招聘网站啊？

李巧妮　（边接电话边上）是啊是啊，你是……？

　　　　〔两个人在电话中聊天。

田孝男　我是一名刚毕业的大学生，是回来应聘的。

李巧妮　你是刚毕业的大学生？　欢迎欢迎！

田孝男　你们准备把清净坡开发成旅游景点？

李巧妮　是，是！　只怕我们长虹村的水浅，养不住你这条大鱼！

田孝男　养不住大鱼能养我这条小鱼——我的网名就叫小金鱼。

李巧妮　啊，你就是小金鱼？　我还以为你是一个女的呢。

田孝男　咋？　不欢迎吗？

李巧妮　欢迎欢迎。　俺长虹村正需要你这高级人才哩。　要不，我先给你发个视频看看。

田孝男　不用了，我正在观赏"清净坡远景规划图"呢。

李巧妮　你已经来到俺村啦？　好，好，我这就去，咱见个面。

田孝男　不用不用，长虹村，我熟悉。

　　　　〔二人边说边下场。

田四清　（上，看到"清净坡远景规划图"五味杂陈地）唉，才多少天啊，变了……

　　　　（唱）人不接车不送强把泪忍，

　　　　　　　行拘十天我又回到长虹村。

　　　　　　　虽然说这跤摔得不疼不狠，

　　　　　　　也叫人一肚子油盐酱醋五味杂陈——

　　　　　　　我田四清啥时候丢过这样的人！

　　　　　　　大牌子挂村头咋看咋不顺，

　　　　　　　字字如刀刺痛了、刺痛了我的心。

　　　　　　　长虹村大路小路处处有脚印，

　　　　　　　下阵雨也都是我飘的云。

这十天如十年草木生分，

到如今我真成了个局外人？

有家不敢进，上街怕见人，

今日里却如同落魄掉魂。

（接电话）喂！

田孝男　（边打电话边上）爸！ 是我。

　　　　〔田四清与田孝男各占一个空间。

田四清　（哽咽）男男……

田孝男　爸，你怎么啦？

田四清　男男，爸……想你了，恁奶，也想你了。

田孝男　我也想你和俺奶了。 爸，我回来了。

田四清　你回来了？

　　　　〔二人会面。

田孝男　爸，我已经毕业了，正在回乡应聘。

田四清　儿子，你大学毕业了，也该寻媳妇了。 爸我没本事，别说在北京，就是在郑州也给你买不起一套房子……

田孝男　爸，你别那样想，我不要求。

田四清　你不要求，爸我心里有愧啊，总觉得对不住你。 我好后悔啊！ 想当初你耀宗叔拉着我去南方闯荡，我放心不下村里的事儿。 如今他又是政协委员，又是乡贤会会长，可我……

田孝男　爸，在我心中，你就是我学习的榜样。

田四清　（苦笑）孩子乖，你是笑话恁爹的吧？ 我现在摔头都找不着硬地！

田孝男　爸，我说的是实话。 我也准备回到长虹村哩。

田四清　啥？ 你准备回乡创业？

田孝男　咱长虹村不是有个清净坡生态旅游工程吗？

田四清　牌子刚挂上，你咋知道恁快？

田孝男　他们要招聘一名大学生……

田四清　（气急地）别说了！ 你不能回来！

田孝男　咋?

田四清　不……不咋。（发抖地欲下）

田孝男　爸——

田四清　我十来天没见恁奶了，我……我回家看看恁奶去。（下）

田孝男　（观望田四清的背影）

　　　　（唱）我爸的一声吼让我懵懂，

　　　　　　　为什么见了我大发雷霆?

　　　　　　　多少年全不是这样脾性，

　　　　　　　是不是心存块垒有隐情?

李巧妮　（上）你就是……?

田孝男　我是小金鱼，你——啊，巧妮!

李巧妮　（激动地）孝男!

　　　　〔二人走向一起，又拘束地走开。

田孝男　没想到是你啊，你……你变了。

李巧妮　咱，都变了。

田孝男　小时候……

李巧妮　你忘了，那一年，你逮个老豆虫，把我吓得瘫软在你怀里。

田孝男　哄你哄不下，你哭我也哭!

李巧妮　你闻着我的头发，硬说是香的。

田孝男　（唱）多么美好的回忆啊，多么美好的光阴，

李巧妮　（唱）好光阴转眼过了十八春。

田孝男　（唱）十八年忘不掉两小无猜那段情分，

李巧妮　（唱）你上学我打工咱都离开了长虹村。

田孝男　（唱）我上学你打工忘不了过去岁月痕，

李巧妮　（唱）你为知识我为钱如今鸟儿不同林。

田孝男	（唱）不同林，却同根，
	咱俩都是长虹村的人。
李巧妮	（唱）不同林，却同心，
	又一起回到长虹村。
田孝男	（与李巧妮握手）巧妮，说得对啊！
李巧妮	谢谢你孝男，你一回来，办好清净坡旅游工程我就更有信心了！
田孝男	刚才我见俺爸，听说我要回来，他冲我吼起来了！
李巧妮	四清叔的气不是对你，是在我身上。
田孝男	在你身上？
哑巴能	（拿棍上）哇，哇！（打李巧妮）
	［田孝男发现哑巴能欲打李巧妮，忙去阻拦，李巧妮没防备，仍被哑巴能迎面打了一棍。
田孝男	哑巴叔，随便打人，你这是犯法行为！
哑巴能	（又欲打）哇！ 哇！
田孝男	你要再打我要报警了！（夺过哑巴能手中的棍）
哑巴能	（急忙逃下）哇！ 哇！
田孝男	血！ 你的脑袋流血了！ 快，我背你上医院！
李巧妮	（不好意思地）不要紧……
田孝男	都啥时候了，还想那么多！（边说边脱掉上衣蒙在李巧妮头上强背起巧妮）
李巧妮	孝男，这事儿不要跟村里人讲，只怪我……

第四场

[何巧娘院内。

李巧妮 （上）只怪我没把原委说明白，

招来了一顿棍打一场灾。

只想着做好事让巧花有母爱，

不料想哑巴叔他怒气冲冲胡乱猜。

吃一堑长一智算把教训买，

人生中这一顿我挨得活该。

庆幸我头上伤并无大碍，

我的娘反把我关将起来。

整土地修坑塘忙里忙外，

诸多事需商量尽早安排。

这两天眼睁睁把人急坏，

出不去睡不着脑涨心衰。

李巧妮 妈，你把我锁屋里两天了，还不让我出去吗？

何巧娘 （上）不让不让就不让！

李巧妮 妈，再不让我出去，好多事情都耽误了。

何巧娘 活该！ 世上有本事的人离开得多了，也没见天塌下来，

我就不信，咱长虹村离了你就进不了新时代！

李巧妮 妈，那你也不能限制我的自由呀！

何巧娘 你在娘肚里的时候你咋不要自由啊？ 把你生下来养活你二十

多了跟我要自由哩!

李巧妮　妈,恁闺女我求求你了。(两手打门,哭)

何巧娘　哑巴把你打成那样儿,你又不让对外人讲,看着你满脸是血,叫妈我心疼得跑到你爸坟上哭了大半夜……

李巧妮　妈,女儿对不起你,长这么大还让你操心——

(唱)两天来你睡不着我也睡不着。

你瞒我我瞒你偷偷把泪落。

妈呀妈,知道你这些年日子不好过,

咬着泪咽着苦一步一步挪。

小时候只看到你笑脸一个,

如今我才知你哭比笑多。

你年纪轻轻不再婚我心里清楚,

你怕我丢了情跑了爱心受折磨。

何巧娘　(唱)因为穷你初中毕业没再上学,

想起来我悔青肠子心如刀割。

尘世上睁眼看咱母女两个,

两个女人不硬扛咱还咋活!

李巧妮　(唱)妈呀妈,开开门求你抱抱我,

女儿我多想要你暖一暖,暖暖我的心窝。

[何巧娘开门搂着李巧妮,两人静静地流泪。

李巧妮　妈,你要是不支持我,叫女儿我……(哭泣)

何巧娘　(为巧妮擦泪)妈我咋不支持你了? 你把对咱有恩的你四清叔都得罪了,你还去跟孝男谈朋友,还不把他给气死呀! 你要是气坏了你四清叔,你死去的爸也不愿意。

李巧妮　要不我到地里看看俺爸去?

何巧娘　看他弄啥! 活着的时候我当家,他躲到坟里也得听我的。前天夜里我给他烧纸的时候已经跟他说了:她爸呀,活着,

你疼巧妮；死了，你要支持巧妮的工作。

李巧妮　（幸福地）妈，你真伟大！

何巧娘　恁妈我不伟大，可我的脾气大。 要不，想当年我在郑州打工的时候饭店老板会炒我的鱿鱼？

李巧妮　这是哪年哪月的事儿啊？

何巧娘　你头顶上的事儿。 二十多年前我在郑州皇家大酒店当服务员，就因为一盆"霸王别姬"……

李巧妮　就是你现在最拿手的好菜？

何巧娘　那时候这一道菜贵得很，一份儿一千八百八十八。

李巧妮　妈，贵人吃贵物，客人愿意吃，与你有啥相干？

何巧娘　当时这位客人是你姥姥家那乡的乡长。 为了给乡里立项目，找门路，拉关系，请了省里那些有权的、有钱的。 酒过三巡，菜过五味，一个个都喝得差不多了。

尚皓仁　（悄悄地进院）却不见一千八百八十八的"霸王别姬"那道菜端上来。

何巧娘　这位三十多岁的乡长一拍桌子不愿意了——

尚皓仁　去，把你们老板叫来！

何巧娘　我吓得扑通跪在了乡长面前。

尚皓仁　你痛哭流涕地说：这事儿怨我，我没跟大厨报这道菜。

何巧娘　全桌人都看着我，问：为啥？

尚皓仁　你说：乡长，我就是那个乡来打工的，我知咱乡的老百姓穷，乡政府也穷啊！ 不为别的，我只是为了让你为咱家乡省下这一千八百八十八块钱。 你的话感动了在座的所有人……

何巧娘　（忽然发现尚皓仁）你？ 就是你？

尚皓仁　我就是当时的那个乡长。

何巧娘　早知道是你，我就不让你进俺家门！

李巧妮　妈!

何巧娘　我到现在还记恨着恁那几个当官的呢，也不替我说句话，被老板炒了鱿鱼。

尚皓仁　那时候正是改革开放摸着石头过河的时期，虽说没有咋追究我，可乡长跟承包给我了一样，二十多年没动，一直干到退休。

何巧娘　亏着是那时候，搁现在按八项规定，早把你削官为民了。

李巧妮　妈，那时候你也可有家国情怀啊!

尚皓仁　你妈现在也关心着咱的清净坡工程，支持着你的工作呀!

李巧妮　尚书记，你已经退休两年了，又来扶贫，您就是俺小一辈学习的榜样!

尚皓仁　一辈子就和农业、农村、农民打交道，乍离开，跟掉了魂一样，

　　　　（唱）这方水土这方人初心不改，

　　　　　　　不忘情不忘恩又到农村来。

　　　　　　　任命我第一书记重把官帽戴，

　　　　　　　老党员新任务听从党安排。

　　　　　　　清净坡好工程领导支持群众有期待，

　　　　　　　你巧妮可是个将帅之材!

　　　　　　　这两天不让她出门可把我急坏，

　　　　　　　田孝男跟他爸也闹将起来。

田孝男　（上）尚书记，

　　　　（唱）我不怕我爸他拿邪作怪，

　　　　　　　他再闹我也不会把家乡离开。

　　　　尚书记，我大学毕业回乡创业是你跟县里汇报的吧?

尚皓仁　这是大好事儿，我这个第一书记当然要向县委汇报啦!

田孝男　咱县委书记亲自给我发微信，表扬了我，还要给我提供扶持

资金哩。 巧妮，你也不用为钱发愁了。

何巧娘　孝男，你来俺家，你爸……？

田孝男　婶，你跟俺爸恰恰相反。 你把巧妮锁在家里不让出门，俺爸把门关住不让我进家，撵着我走。

李巧妮　那你咋办？

田孝男　俺爸是我头上的天，俺奶是他头上的天，天外有天，我不怕！

李巧妮　（激动地看着孝男）尚书记，既然孝男决定留下来，我的信心更足、劲头更大了！

田孝男　还有个事儿，哑巴叔把那个女的给撵走了。

李巧妮　他把周凤芹撵走了？

尚皓仁　这个哑巴能，把你打伤都没处他，这一次……

李巧妮　尚书记，先别急，咱俩一块儿看看去！

何巧娘　巧妮，你的头——戴上帽子！

　　　　〔切光。

第五场

　　　　〔村头。

李天河　（边喊边上）长虹村的老少爷们儿，我李天河回来了，我的腿不瘸了，我李天河叫李天河了！ 大家可不能再叫我铁李拐了。

　　　　（唱）二十八年活得不是我，

没有人知道我叫李天河。

多亏着巧妮热情帮助我，

让我长了腿，让我长了脚，

让我能跑能跳又能扭秧歌。

做人就要知恩图报不负我，

见巧妮，磕三个响头也不算多。

（向内喊）黄丽！ 冬梅！

［众女上。

李天河　你们看，村头那块大牌子！ 恁不是都识字？ 给我读读。

　众　　"清净坡生态旅游试点基地"。

李天河　我不哄你们吧？ 恁几个是白沟的，恁几个是闫楼的，离这儿
　　　　都不远。 我领着恁去报个名。 回家看看父母亲人，立马就
　　　　来上班，恁都是熟练工，用不着再培训了。

哑巴能　（内喊）哇哇！

李天河　呵，哑巴能来了，我正要找他哩。 你们几个看见那面国旗没
　　　　有？ 去吧，招工办公室就在那儿。

［众女工下。

哑巴能　（上，惊喜地摸着李天河的腿）哇哇！ （竖大拇指）

李天河　是的，跟真的一样，来！ （拽着哑巴能）唆拉唆拉哆拉哆
　　　　……（二人一起扭秧歌）

哑巴能　哇哇？

李天河　你是说，过去你是我的腿儿，我是你的嘴儿，现在我的腿好
　　　　了，不管你了？ 操着你的心哩，我的孟繁荣啊，（掏出一款
　　　　手机）看我给你带的啥？

哑巴能　哇哇？

李天河　这不是一般的手机，是华为公司新开发的机器人手机。 你把
　　　　它往腰里一挎，你心里想啥它说啥，能替你哑巴来说话。

哑巴能　　（激动得大喊大叫）哇哇哇！

李天河　　来，试一试。（把手机为哑巴能挎腰里）你心里想啥你就说
　　　　　　吧。

哑巴能　　（无所适从地像木偶立着）

李天河　　（唱）哑巴能，能哑巴，

　　　　　　　　　科学让你能说话。

　　　　　　　　　我给你调试好了，你说话呀！

哑巴能　　（唱）四十年我才说第一句话，

　　　　　　　　　我喊，我喊，我喊声女儿孟巧花。

　　　　　　（喊）巧花！（巧花、巧花、巧花……喊声在天地间回响）

孟巧花　　爸爸！（上）

　　　　　　（唱）谁在喊我孟巧花？

　　　　　　　　　这话音好像是爸爸。

　　　　　　　　　爸爸本来是哑巴，

　　　　　　　　　哑巴怎能会说话？

　　　　　　（发现哑巴能）爸爸！（扑向哑巴能）爸爸，真的是你喊的
　　　　　　我吗？

哑巴能　　（抱起孟巧花）好孩子，是我喊你的啊！

孟巧花　　我爸爸会说话啦！　我去告诉我妈！

哑巴能　　那个女人还没走？

孟巧花　　爸爸，你误解俺巧妮姐了！　俺巧妮姐是为咱好呀！

李天河　　那个女人真的是你亲妈？

孟巧花　　天河叔，俺爸错怪俺巧妮姐了，差一点没把俺巧妮姐打残
　　　　　　废。　不信您看，这是我用我妈的手机录的一段视频。

　　　　　　［三人隐去，舞台响起李巧妮与周凤芹的对话。

李巧妮　　（唱）论年龄你已三十多，

　　　　　　　　　不知我该喊什么？

周凤芹	（唱）就按你和巧花的辈分叫，
	喊姨喊婶都不错。
李巧妮	（唱）你要听我一句劝，
	留下还干你的技术活儿。
周凤芹	（唱）想走，巧花我实难舍，
	留下，又怕哑巴不饶我。
李巧妮	（唱）他害怕巧花随你走，
	十二年的心血落了空儿。
	婶子呀，我有个建议说出口，
	你搁心里细琢磨。
	哑巴叔是个好心眼儿，
	脑子好使又灵活，
	你若走进这个家，
	巧花她，有了娘，有了爹，
	爹疼娘爱多快乐，
	亲亲热热你幸福多。
周凤芹	那……我……
李巧妮	你就听我的吧！
	〔李巧妮、周凤芹隐去，三人重现。
孟巧花	爸，你听听巧妮姐咋个劝俺妈的。
哑巴能	（大喊）巧妮，恁叔我错怪你了，我……我对不起你！
李天河	你哑巴真能，可会说话你不能了，刚才那是手机的画面，你声音再大，巧妮也听不见。
哑巴能	她对咱俩都是有恩的人，走，见了她当面道谢去！
孟巧花	巧妮姐正跟俺妈商量着事儿哩，我带恁去！

第六场

[长虹河岸边。

（李天河、周凤芹同上）

李天河　婶子呀，

　　　　（唱）这场喜酒不能省，

　　　　　　　越快越好你做东。

　　　　　　　要不然，你得搬到厂里住，

　　　　　　　非法同居可不中。

尚皓仁　（上）天河，注意你的腿，干活儿悠着点。哎，见巧妮没有？

周凤芹　这次网坠经过改良，再让她看看。

尚皓仁　（看）中，中，很匀称，重量也够。跟你们报告个好消息，省里准备在咱长虹村召开建设美丽乡村现场会，要把巧女工程向全省推广。大家好好干！哎，你们见巧妮去哪儿啦？

李天河　是不是又去俺四清叔家了？

尚皓仁　我找她去。

　　　　[众分下。

李巧妮　（上，唱）桃叶撩面瓜秧掩，

　　　　　　　几个月今天偷个闲，

　　　　　　　一人来到长虹岸，

　　　　　　　长虹岸上有童年。

童年美，童年甜，

如今又有苦辣咸。

多少天只顾莽撞干，

静下心才知道处处难。

四清叔人心好有恩于俺，

无意中却与他争名夺权。

为报答四清叔我当机立断，

离开长虹村，还要去江南，

不能让孝男他也左右为难。

清净坡旅游工程功成名显，

乡亲们干劲大破浪扬帆。

离开了长虹村我心无遗憾，

这里有我的根，这里有我的魂，到啥时都与我骨肉相连。

何巧娘　（上）巧妮，尚书记找你找疯了，你咋到这儿来了？

李巧妮　妈！

何巧娘　妮，你咋哭了？

李巧妮　妈，我走吧！还到南方去吧！

何巧娘　你说啥？又走哩？你……你神经了吧你？

　　　　[尚皓仁、田孝男上。

田孝男　巧妮，我回乡跟你一起干哩，你……怎么又变卦了？

尚皓仁　巧妮，咱的生态旅游工程热火朝天地干起来了，得到上级的认可，省里马上要在咱村开现场会。你申请入党也已经在支部会上通过了。过去一切委屈、一切作难就让它过去吧。

田孝男　巧妮，我知道你心里的委屈，支部会表决的时候，我爸没举手。你到我家找我爸说话的时候我爸又不给你开门，你在俺门口整整跪了一夜……

李巧妮　我不怪俺四清叔，是我还有许多没有做到位的地方。　只是我
　　　　不想让群众看到长虹村的党支部是一个不团结的班子。　更不
　　　　想为了我让恁一家人生气。

　　　　［朱巧婆上，田四清随上。

朱巧婆　我现在就生着气哩！

　　　　［李巧妮、田孝男迎上搀扶。

朱巧婆　让恁四清叔扶着我！

田四清　（忙去搀扶）娘……

朱巧婆　（怒对田四清）这些天你躲在家里窝在床上玩手机，咋不出
　　　　来看看咱村家家户户是咋干的？

尚皓仁　咱县委领导对这个工程大加肯定，可你……？

朱巧婆　睁眼看看，巧妮入党哪一点不够格？　你这个支部书记为啥不
　　　　举手？

　　　　（唱）官不大你咋恁大的瘾？

　　　　　　　霸占着椅子你装功臣。

　　　　　　　该让你不让，让了你心不忍，

　　　　　　　啥时候你变成了这样的人？

　　　　　　　巧妮她本是你的小字辈，

　　　　　　　为什么她干点啥事你总是扭着筋？

　　　　　　　常言讲老少难免有代沟，

　　　　　　　为什么，你的代沟咋恁深？

　　　　　　　难为得孩子问天问地问自身，半夜里去哭她爹的坟。

　　　　　　　回来跪在咱门口来求你，

　　　　　　　你竟然一夜不开门。

朱巧婆　你再这个样儿，不跟你一个锅了，巧娘，咱娘儿俩一个锅。

何巧娘　巧妮还小，老早没爹，全靠她四清叔多带多说多培养。

尚皓仁　明天是李巧妮入党宣誓会。

朱巧婆　俺祖孙三代党员都去参加！

田四清　巧妮，原谅我……

李巧妮
　　　　爸！
田孝男

尾　声

［在合唱中乡亲舞蹈，天幕上幻化着清净坡美好的画面。

　幕后合唱：豪情满怀志满怀，

　　　　　　胜利的秧歌扭起来。

　　　　　　改革开放新农村，

　　　　　　我们的日子富起来。

　　　　　　青山绿水新农村，

　　　　　　我们的家乡美起来。

　　　　　　为了建设新农村，

　　　　　　撸起袖子干起来。

　　　　　　干出蓝天和碧水，

　　　　　　干出美好新时代！

——剧终

豫剧现代戏

对门邻居

时间：现代

地点：农村

人物：周玉成，男，三十岁，农村青年。

葛秀琴，女，二十五岁，农村青年。

葛老贫，五十多岁，葛秀琴的父亲。

周大妈，五十多岁，周玉成的母亲。

白玉平，女，二十八岁，某乡乡长。

[舞台右侧，露出眼下农村时兴的新建楼房一角。舞台左侧，仍是旧式农家小院。这便是周、葛两家，他们是对门邻居。

[根据需要，可虚可实，空间应是村头、门口、院内。

[幕启：周大妈边喊玉成，边焦急地上。

周大妈　（向内）热闹，见怹玉成哥没有？

　　　　（内应：拿着招聘书往东啦）

　　　　这孩子当真闯祸去啦！

　　　　（唱）听说玉成搞招聘，

　　　　　　　吓得我失魄走了魂。

　　　　　　　好政策是让咱往好上混，

　　　　　　　怎能够雇工剥削人？

　　　　（葛秀琴上）

葛秀琴　大妈，俺玉成哥在家吗？

周大妈　我正找他哩，你找他有事儿？

葛秀琴　听说玉成哥要搞招聘？

周大妈　看看，招摇得全村人都知道啦！

葛秀琴　这一招聘，村上好多闲散劳力都有活儿干了，俺正拍手赞成哩！

周大妈　秀琴哪！

（唱）常言讲，露头的椽子先沤损，

出头的鸟儿先伤身。

玉成他做事欠思忖，

俺可是担不起病的人。

葛秀琴　（唱）大伯他九泉之下已平冤愤，

玉成哥也成了楷模人。

大妈呀，你应该心地放宽头高枕——何须再劳神。

周大妈　大妈我身边要有你这个好闺女，也就不用再劳神了。

（内，葛老贫的声音：那不是秀琴吗）

周大妈　（向内张望）你爹来了，我走啦。（欲下又回）秀琴呀，以后常上俺家玩，啊！（下）

（葛老贫吸着自己卷的喇叭烟上）

葛老贫　秀琴，你不下地干活儿去，在这儿弄啥？

葛秀琴　玉米地早锄过了，花也收拾完了。

葛老贫　看我这一双鞋，回去再做一双。

葛秀琴　爹，买一双凉鞋，阴天下雨都管穿。

葛老贫　说得好听，钱哩？

葛秀琴　爹，

（唱）瘸双拐补鞋打掌开个小店，

瞎老一挑个货担也赚千元。

独有咱俩劳力啥都能干，

想一想咱花个钱为啥恁难？

葛老贫　人没外财不富，马无夜草不肥，老老实实种庄稼，没钱咱不花，咱不干那昧良心的事儿。

葛秀琴　还想靠穷光荣去忆苦思甜挣工分，没那一梦了。

葛老贫　你……！

（秀琴跑下）

葛老贫　（把烟头摁于鞋底，不料烧住了脚，扔掉烟头）气人气人真气人！（发现烟头甚长，又拾起别在耳朵上）

　　　　（内，热闹的声音：老贫叔，啥事儿又气着你啦）

葛老贫　没想到过社会主义哩，过着过着又兴剥削人哩！

　　　　（内，热闹的声音：现在是改、革、开、放，人家是选能纳贤，名正言顺）

葛老贫　你热闹腰里才装几个臭钱，也喊起万岁来啦！

　　　　（热闹的声音：你就眼气着吧）

葛老贫　我不是眼气，我心里有气！

　　　　（唱）庄稼人，庄稼人，

　　　　　　　不种庄稼算啥人？

　　　　　　　三教九流成好人，

　　　　　　　弃农经商成能人，

　　　　　　　发家致富成红人，

　　　　　　　向钱看成了光荣人。

　　　　　　　不是我老贫眼气人，

　　　　　　　看一看对门这个人，

　　　　　　　过去他是"可教"人，

　　　　　　　今天又做人上人，

　　　　　　　盖个楼房招惹人，

　　　　　　　还去雇工剥削人。

　　　　　　　我要问问掌权人，

　　　　　　　共产党咋又爱上这号人？

　　　　光说我气，我咋能不气哩！像我这祖宗几代赤贫农，一老本能都是庄稼人，过去来个运动，搞个斗争，都是人人物物的依靠力量哩，混到今天连个"可教"都不如啦！有眼的都看看他那院落，看看我这院落，穷的穷，富的富，两极分化着

哩！ 还真应了毛主席他老人家说的，要吃二遍苦、受二茬罪呀！ （取下耳朵上的半截烟头，吸烟）

（内，热闹声音：老贫叔，来，抽支带嘴的吧）

（一支烟扔在葛老贫怀里）

葛老贫 （接过烟，欲吸，忽然想起，又扔了过去）我葛老贫人穷意志坚，拒腐蚀来永不沾，斗私批修当闯将，还吸我的喇叭烟。

（内，热闹的声音：老贫叔又把讲用团里那一套拿出来了）

葛老贫 这不叫讲用，这叫活学活用。（吸烟下场）

[周玉成拿着一沓申请，上。

周玉成 （向内）等研究研究再说。

（热闹的声音：玉成哥，可别把我给研究掉了呀）

周玉成 张热闹，张热闹，离了你可就不热闹了。（看手中的申请，无限感慨）

（唱）办工厂搞招聘引起轰动，

全村人老和少议论声声。

我如同咽了个五味瓶，

心里头酸辣苦甜齐往上涌，

我只说路途坎坷长梦难醒，

而立年名不就功也不成。

苍天没有绝人境，

三中全会送春风。

年华失去不悔痛，

还我青春再躬耕。

时间是金钱，

效率是生命。

有胆需有志，

有志事竟成。

农民要当企业家，

创一代新风流我已登程。

（葛秀琴拿一张申请，上）

葛秀琴　玉成哥。

周玉成　是秀琴啊。（欲下）

葛秀琴　玉成哥!

周玉成　（见秀琴含情脉脉，眼里似有泪光，心有感触）秀琴，有事
儿？

葛秀琴　（不好意思地）有人写个申请。

周玉成　谁？

葛秀琴　（递申请）你认识她。

周玉成　（看申请）秀琴，是你？

葛秀琴　咋？　不相信吗？

周玉成　（欲言又止）

（背唱）秀琴的申请捧在手，

满腹往事涌心头。

俺虽是对门邻居岁月久，

却原来咫尺天涯不相求。

葛秀琴　（背唱）皆因为极左把人的灵魂扭，

十年互斗筑鸿沟。

虱不咬虱狗咬狗，

狼不吃狼人相仇。

周玉成　（背唱）往事叫人心发抖，

教训沉痛难忘丢。

罢，罢，罢，婉言谢绝早开口，

也免得水泼沙滩不好收。

秀琴，这次招聘我还没跟乡政府请示，不知允许不允许。 再者，你还没和你爹商量，申请，你先拿着。（把申请还给秀琴）

葛秀琴 （接过申请，自尊心受到挫伤，由信任转为讽刺地）
玉成同志，是我不够格吗？

周玉成 不是。

葛秀琴 对我信不过吗？

周玉成 不是。

葛秀琴 这不是，那不是，我明白了，现在你是专业户，成了企业家，是农村改革中的新生力量，你胜利了……

周玉成 秀琴同志，你不要误解。
（唱）秀琴同志你莫多心，

听我对你说原因。

咱乡下比不得大城镇，

遗留着男女授受不相亲。

我年过三十尚未娶，

你二十四五还没结婚。

咱既是冰清玉洁多谨慎，

也难免背后舆论飞满村。

恶语中伤我不足论，

只怕你声败誉毁误青春。

葛秀琴 （唱）玉成哥你莫把同志称，

秀琴我愿把妹妹应。

你借东说西我明白，

知道你心里有苦衷——

多年的伤痕还没长平，

十年前你和我姐相恩爱，

是我给你们把信通。

却不料我爹将你来诬告，

诬告你腐蚀贫下中农。

"批林批孔"把你批判，

大寨田里把你斗争。

绳捆索绑把你整，

四乡游斗当典型。

我知你心没邪念性刚正，

暗暗把你来同情。

我曾劝姐姐把你等，

她屈服爹爹把你扔——

找个婆家进了城。

周玉成　那时候你还小啊。

葛秀琴　玉成哥啊，

（唱）你须知，十年沧桑天地顺，

十年秀琴长成人。

冬到夏，秋到春，

秀琴我藏着一颗爱你的心。

咱每日相见不相认，

你叫我女孩子家怎出唇？

难道说你还有旧时恨？

难道说一道鸿沟隔知音？

我一张申请交给你，

这是情，这是爱，这是我葛秀琴一片痴心。

周玉成　（感动地）秀琴，我误解了你，请你原谅我……

葛秀琴　（拦）玉成哥，快别这样说了。

周玉成　秀琴，我现在虽说处境变了，可有些人对我的看法还没变，包括你爹。 我想，你会有很大的压力，或者咱会和你姐一样，成为一场悲剧。

葛秀琴　压力，怕啥！ 各人长个嘴，爱咋说就叫他说去。 我相信，那样的悲剧不会再发生了。 何况我又不是姐姐，我倒担心一条。

周玉成　哪一条？

葛秀琴　没有什么能力去助你一臂之力。

周玉成　你这高中生，还挺谦虚呢，我正愁没有你这样一个人才，比如处理些来往信件、收集点经济情报、整理些技术资料。

葛秀琴　这么说，我成了你的私人秘书了？

周玉成　暂时还不能叫私人秘书。

葛秀琴　叫什么？

周玉成　叫——有一部电影你看过吗？

葛秀琴　什么电影？

周玉成　《内当家》。

葛秀琴　内当家？ 俺不来啦，你真坏，你真坏！

　　　　（追打玉成，玉成躲闪）

　　　　（葛老贫上场，秀琴嬉笑着，一手把葛老贫的烟打掉）

葛老贫　（一惊）啥？ 我真坏？（抬头见是女儿）死妮子，谁坏啥啦？

葛秀琴　（见是爹爹无所适从地）他……

周玉成　（害羞地）大伯！

葛老贫　（像是明白了什么，乘机借题发挥地）好小子，欺负到我头上来了，我跟你拼了。（拉开打拳架势）

葛秀琴　（拉葛老贫）爹！

葛老贫　妮，别怕，你爹我虽没上过少林寺，手底下还有两招。（对玉成）你小子别看是这户那户，我可对你不甩乎。

周玉成	大伯！
葛老贫	叫爹我也饶不了你。 你死不悔改，老病复发，青天白日光想好事……
葛秀琴	爹，你……
葛老贫	我回去写张大字报问问当官的，毛主席的话还听不听？ 打击俺贫农，就是打击革命还算不算？
葛秀琴	爹，你都是说些哪世纪的话，整天连个广播也不听。
葛老贫	叫我听广播呀！

（唱）如今的广播都播些啥？

　　　　听着叫人头皮麻。

　　　　咕咚咚好像猫踩爪，

　　　　哼叽叽如同蛤蟆打哇哇。

　　　　青年人听着听着拉开跳舞架，

　　　　那屁股，扭、扭、扭呀扭得乱斜扎，

　　　　一看见我身上就起痒疙瘩。

周玉成	（唱）劝大伯不爱音乐多听新闻，

　　　　听新闻也洗一洗你那脑筋。

　　　　害"左"病你可是害上了瘾，

　　　　打一针吃服药难以除根。

葛秀琴	（唱）你常讲要跟着党把革命干，

　　　　难道说干革命光忆苦思甜？

　　　　看一看村上人谁不在变，

　　　　为什么你变着那样困难？

葛老贫	（唱）怎再讲我还是这个观点，

　　　　论阶级得依靠贫农社员。

　　　　不管咱们国家七十二变，

　　　　总不能变到美国变成苏联。

秀琴，跟我回去写张大字报。

葛秀琴　爹，现在不让贴大字报啦！

葛老贫　不让贴大字报，街上贴那花红柳绿的都是啥？

葛秀琴　那是人家的商品广告。

葛老贫　兴人家告也兴咱告，告他去！

葛秀琴　爹，

（唱）你似疯似呆惹人笑，

胡言乱语太无聊。

玉成他并没有什么不好，

你告人家为哪条？

葛老贫　（唱）我告他，"可教"子女欠改造，

得意忘形把尾巴翘。

雇工又把剥削搞，

欺负咱贫下中农法难饶。

周玉成　（唱）劝大伯你休烦恼，

你莫把是非看混淆。

要告状上县上省都能告，

路费不叫你掏腰包，

——花多花少我报销。

葛老贫　（恼羞成怒）你小子票子多了，腰杆粗了，说话硬了，毛竹
筒子做茶瓶——长出胆来啦！ 十年河东，十年河西，咱骑驴
看唱本——走着瞧。 妮儿，跟我回家写状子去。

葛秀琴　爹，要告，你连我也告着吧，我准备跟着他学挣钱哩！

葛老贫　小秀琴，你……？（扬手欲打，秀琴不躲，又软软地放下）
妮儿，你爹是短你吃了，是短你喝了？ 咱夏有单，冬有棉，
细米白面吃个肚子圆，比解放前大地主的生活还高出八帽头
子，还要啥？ 咱人老几辈认穷不认钱，肠子饿断八百截，也

不能短了这个志气！　走，跟我回去。（拉秀琴）

葛秀琴　我不回！

葛老贫　妮儿，你当真不听爹的话了？　不可怜你受苦受罪的爹了？（哭诉地）一九六〇年你娘死后，我是咋个把恁姊妹两个拉扯大的呀！（擦泪）我一伤心就落泪，一落泪就想起那万恶的旧社会，一提起旧社会我这满肚子苦水就倒不完了呀！

（唱曲子调）

诸位老乡听我言，您听我葛老贫忆苦思甜，旧社会我逃荒去要饭，拉棍要饭到了汝南……

葛秀琴　（阻止地）爹，你咋又唱开了？

葛老贫　（继续地唱着）

腊月天冻得我浑身打战——

葛秀琴　（无奈地拉父亲）爹，走，回家我给你写去。

葛老贫　（戛然而止，转悲为喜）妮儿，这才是爹的好闺女！（欲下，又回头指着玉成）告诉你，咱明人不做暗事，敲明叫响对你讲，告你去！

（周大妈上，见状，吓得忙上前赔情）

周大妈　他大叔，求求你……

葛老贫　求我的时候在后头哩，不给你点怕筋，你把专政的滋味忘啦？

葛秀琴　大妈，你不用怕。

葛老贫　用不着你折中调和，走，跟我回家！

（强拉秀琴下场）

周大妈　孩子，还不去葛老贫家求个情？

周玉成　妈，他告就让他告呗！

周大妈　你呀！

（唱）葛老贫成分好敢说敢讲，

运动中他都是依靠力量。

咱鸡蛋怎能去和石头撞，

快登门求个情免遭祸殃。

周玉成　　（唱）我的妈你不要诚恐诚惶，

现在是改革开放新时光，

要告状任他告不用去讲，

妈呀妈我心有数不惊不慌。

周大妈　　（唱）劝我儿莫要逞刚强，

怎不知世态有炎凉。

解放前你父在外把学上，

求进步入了党又把八路当，

五八年划右派说他反对党，

"文化大革命"坐监狱不幸身亡。

他革命咱娘儿俩何曾把福享，

人死后撇给咱黑皮一张。

我当个右派婆是专政对象，

你成了"黑五类"难进学堂。

兴顶替我劝你入城进厂，

你却要争囊气不离穷山庄。

常言讲，人怕出名猪怕壮，

办工厂村上人说短道长。

如今你又搞招聘，

搞招聘你可吓坏了娘。

月有初一有十五，

日有东升有夕阳。

如若人变政策变，

孩子呀，免不了你要坐牢房。

你自己好歹且不讲，

怎不可怜有话不敢讲、有泪无处淌、低头过日月、抬头看热凉、拖着一身病的娘啊！

周玉成　妈，过去的，毕竟过去了，现在不是好了吗？

周大妈　现在是好啦，看看咱吃的、穿的、住的、用的，比过去的地主还地主哩。 眼下，也没人给气受啦，还不满足？ 钱，有了就花，没有不花，多了是祸害，拼命挣它弄啥？ 厂，咱早交给国家，还落个光荣。 你招工那事儿，咱写个认罪书，早递上去，争取个宽大。

周玉成　妈，好事叫你一讲，倒成了犯罪了？ 现在的中央文件允许这样做。

周大妈　三十岁的人了，还像个娃娃！ "反右""四清""文化大革命"，不都有文件？ 各有各的号，各吹各的调，眼下的政策好，有人啃着白面蒸馍还骂上头哩，这些人不帮不派不掌权，再有个啥运动，人家又是积极分子。 孩子，没罪咱也写一个，防着万一。 过去咱年年写，不是没有小了咱？

周玉成　（唱）妈呀妈，咱头上再没有紧箍咒，

你何必硬去当孙猴。

咱应该理直气壮把人做，

干"四化"咱带的可是好头。

周大妈　（唱）几十年风风雨雨我已受够，

过的桥比你迈的门槛稠。

常言讲儿是娘的连心肉，

我不会抓住你往火里丢。

你今儿个哪儿也别去跟我走，

认罪书你不写我不善罢甘休。

周玉成　我就不写。

周大妈	小玉成，你三十岁的人了，还没成个家，妈我把心都操碎了，你还往妈心上扎刀子呀，嗯？我苦也受够了，活也活够了，你今儿个不给我写呀，我就碰死在你面前！（欲碰）
周玉成	（无奈却又调皮地扶妈）妈，你老别生气，走，回家我给你写去。（扶妈下）
白玉平	（上，唱）一张文凭找麻烦，

　　　　　　　　白玉平我走马上任当了官，

　　　　　　　　当官并非我心愿，

　　　　　　　　当不好又怕落闲言，

　　　　　　　　学的是，方程式，1、2、3，

　　　　　　　　A、B、C，盐、碱、酸，

　　　　　　　　书呆子怎能会掌好权。

　　　　　　　　要知道现在掌权也真难。

　　　　　　　　大事小事都难办，

　　　　　　　　拉着笸箩米动弹。

　　　　　　　　关系如网把腿绊，

　　　　　　　　上下纵横有牵连。

　　　　　　　　逼上梁山是好汉，

　　　　　　　　逼出来一代风流谱新篇。

　　　　　　　　古人还把明镜悬，

　　　　　　　　我岂能把党的准则丢一边。

　　　　　　　　经验不足多实践，

　　　　　　　　白玉平我要当好这八品官。

　　（张望）这不是我舅父那个村吗？多年没来，路不是那个路，街也不是那个街。（向内）喂，同志，上葛老贫家走哪儿？

　　（内应：前走就是）

白玉平　去周玉成家呢?

　　　　〔内应:他们是对门邻居。

白玉平　谢谢你了，访问专业户，再瞧我舅父，一举两得，

　　　　公私兼顾。

　　　　(唱)初上任就遇到怪事一件，

　　　　　　　周玉成搞招聘引起争端。

　　　　　　　干四化搞改革他有识有胆，

　　　　　　　决不能让红眼病忌能妒贤。

　　　　　　　我把他请到乡里介绍经验，

　　　　　　　借机会造舆论表扬一番。

　　　　　　　〔观望，圆场。

　　　　　　　这本是舅父家一座土墙院，

　　　　　　　仍然是土改分的草房三间。

　　　　　　　在过去常表扬他本色不变，

　　　　　　　曾引起多少人来参观。

　　　　　　　这一座小平楼是新建，

　　　　　　　看院内却又是别有洞天。

　　　　　　　花木盆景一片片，

　　　　　　　倒像个别墅小花园。

　　　　　　　不用问一定是周家庭院，

　　　　　　　这才是新农村先进典范。

　　　　　　　如若是不改革再吃大锅饭，

　　　　　　　不知道农民再穷多少年。

葛老贫　(边卷烟，边上场)秀琴，状子给我写好没有?

　　　　(内，秀琴应:没哩)

葛老贫　就那几个字，不比锄地容易得多? 抠抠弄弄写恁长时间。

　　　　(坐下吸烟)

白玉平	（唱）我舅父今天要告状，
	这里面一定有文章。
	摸情况我来个先私访，
	外甥女瞧舅舅理所应当。
	（喊）舅舅！
葛老贫	你是？
白玉平	我是玉平呀！
葛老贫	是外甥女呀，多年不见，转眼都长成大人了，你爸爸还任着职哩？
白玉平	身体不好，退居二线了。
葛老贫	眼下老干部都不吃香了。
	［葛秀琴上场。
葛秀琴	爹，状子写好啦。
葛老贫	秀琴，你看谁来啦？
白玉平	秀琴！
葛秀琴	（一眼认出）玉平姐！（上下打量）玉平姐，眼下正是大学生官运亨通的时候，给你个一官半职没有？
葛老贫	过去是枪杆子里面出政权，眼下是笔杆子里面出政权，唉，就是锄杆子出不了政权。
白玉平	别看舅舅是文盲，说起话来还朗朗上口哩。
葛老贫	别扯闲话啦，请人不如等人，玉平，我叫秀琴给写了个状子，不知咋样，你大学生再给修改修改。
白玉平	舅舅，写状子告谁呀？
葛秀琴	告人家专业户周玉成。
白玉平	你告他？
葛老贫	我告他告得有理！
葛秀琴	爸，你去给玉平姐烧点水喝吧，状子保证给你修改好。

葛老贫　唉，今年卖了余粮，说啥也得买个花茶瓶。（下）

白玉平　秀琴，舅舅要告周玉成，到底怎么回事？

葛秀琴　唉——

　　　　（唱）提起来俺爹叫人生气，

　　　　　　　他满脑子装的都是垃圾。

　　　　　　　大锅饭被取消他不满意，

　　　　　　　进了家不是打狗就撵鸡。

　　　　　　　白天他闷头干活儿长出气，

　　　　　　　到晚上睡不着觉把烟吸。

　　　　　　　死守着二亩责任地，

　　　　　　　我干点别的他就不依。

　　　　　　　还没跟他讲道理，

　　　　　　　他给你忆起苦来哭啼啼。

　　　　　　　人家办厂他眼气，

　　　　　　　就如同往他眼里揉沙泥。

　　　　　　　说人家雇工搞复辟，

　　　　　　　还想着把人家斗来把人家批。

　　　　　　　守着他背后叫人瞧不起，

　　　　　　　又不能丢下他我把家离。

　　　　　　　玉平姐你给我出个主意，

　　　　　　　我哭不得笑不得又气又急。

白玉平　秀琴，你是一个高中生，是八十年代新一辈，应该像周玉成
　　　　那样，干出点事业来。 但你缺少的是胆略。

葛秀琴　胆略？

白玉平　我的好妹妹——

　　　　（唱）我舅父他如同一棵病树。

　　　　　　　空叹息东风化雨绿了万木，

四乡邻八仙过海都在致富。

要告状已说明他感到身孤。

你暂且不管他我行我素，

一句话难使他心悦诚服。

党中央搭金桥八方开路，

你应该放开胆早登征途。

葛秀琴　我也那样想过，不过……玉平姐，你先看看这个吧，（递状子，又收回）哎，玉平姐，我问你跟俺新任的乡长熟不熟?

白玉平　找我开后门哩?

葛秀琴　熟人好办事嘛!

白玉平　我有个熟人。

葛秀琴　熟到什么程度?

白玉平　饮食起居，形影不离。

葛秀琴　是我姐夫?

白玉平　是你姐夫的爱人。

葛秀琴　（惊喜地）哎，玉平姐，你当乡长啦?

白玉平　嘘，小声点儿。

葛秀琴　这就好办了，（递状子）给，你看看我写的状子吧。

白玉平　（接过，读）"乡长同志……"

葛秀琴　嘘!（指屋，意思是莫被葛老贫听见了）

白玉平　（默念，发笑）好你个鬼妮子。

（唱）想不到你还会花招耍，

介绍人也算你找到了家。

这件事交给我你把心放下，

说办就办来一个快刀斩乱麻。

你和他同奋斗扬鞭策马，

我舅父再告状也是白搭。

到时候生米熟粥他自会变卦，

平鸿沟两个院会成为一家。

秀琴，你这张状子写得好啊！

（葛老贫自内出）

葛老贫　秀琴写得就是好，你不知，人家在报纸上还登过文章哩。

白玉平　怪不得秀琴妹会……

葛秀琴　（打断白玉平的话）会写这么好！（向爹）爹，你再看看吧。

葛老贫　死妮子，不知道你爹我不识字，出你爹的洋相！

白玉平　舅舅，这状子上还要签名盖章哩。

葛老贫　章那玩意儿你老舅一辈子用不着它，我就按个指头印吧。

白玉平　到时候你可得认账啊！

葛老贫　你还不知恁舅的脾气，板上钉钉，说一不二，吐了唾沫哪能再去舔起来。

葛秀琴　爹，新任乡长就是——

白玉平　是俺同学，马上还来这村哩。

葛秀琴　爹，乡长上任初到，玉平姐轻易不来，你还叫人家吃忆苦饭哪？

葛老贫　那……（摸兜，掏出五毛钱）给，上集上看买点啥。

葛秀琴　如今的大肉一块三（一斤），羊肉一块七（一斤），五毛钱买肉喂猫也不够吃，干脆叫鸡杀一只。

葛老贫　对，我逮鸡去。（欲下）

白玉平　舅你别忙，今儿晌午还有事儿哩。

葛老贫　咋，一顿饭都不在我这儿吃？　过去的八路军也好，工作队也好，扎根串联，都住在我家，如今连你也看不起你舅啦？

葛秀琴　爹，你杀鸡去吧，玉平姐给你开玩笑哩。

葛老贫　以后呀，忆苦饭还真得叫那新干部吃吃哩，别忘了阶级摸错

了门儿。（下）

白玉平　秀琴，陪我到周玉成家去一趟。

葛秀琴　你认识他？

白玉平　不认识。 不过，我是专为访问他而来的，今天乡里要召开扶植"两户一体"动员会，请他去作大会发言。

葛秀琴　（不好意思地）你们是公事儿，不去干扰你们了。（下）

　　　　（周大妈上）

周大妈　（唱）这孩子就是脾气别，

　　　　　　　叫写个认罪书他气得嘴噘，

　　　　　　　我又是吵又是骂又是威胁，

　　　　　　　才给我老老实实把笔捏。

白玉平　（背白）这不是周大妈？

周大妈　（向内）玉成，你给我写好没有？

　　　　（内应：妈，快啦）

白玉平　周大妈！

周大妈　你是……？

白玉平　我是白平平呀！

周大妈　咳，想起来了，在郑州，咱住一个院，你跟你大华哥还争过小汽车哩，唉，转眼已经二十多年了。

　　　　（周玉成出）

周大妈　这就是你大华哥。

白玉平　李大华！

周玉成　你？ ——白平平，除了你，谁还叫我李大华啊！ 你怎么到这穷乡僻壤的地方来了？

白玉平　我倒要问你，怎么隐名换姓，找了这么一块宝地，忽然成为风流人物？

周玉成　这应该喊一声"历史万岁！"。

（唱）历史老人跟我爸开了个小玩笑，

老革命反革命人变成妖。

讲立场划界限我妈把窍门找，

俺李家姓改周耍了个小花招。

周大妈　快去给平平倒杯热水，别忘了再洗几个苹果。

周玉成　好。（下）

白玉平　周大妈把我当客人啦。

周大妈　来到俺家就是客人。　平平，你大学毕业没留省城?

白玉平　分到咱县两年了。

周大妈　来两年也不来家一趟。

白玉平　知道周玉成就是大华哥，我早来了。　大华哥不简单。　光看

您这庭院，这楼房，就叫人佩服。

周大妈　咳，别给恁大妈添气了。

（唱）这楼房盖得是不错，

可就是我躺在里面睡不着。

睡不着心里乱思索，

你大妈我就如同着了魔。

蒙眬中忽见一人面前坐，

横鼻子竖眼他把话说。

他说道又要搞个啥运动，

专把万元户的命来革。

说俺是新生地主搞剥削，

说俺是右派翻天把权夺，

吓得我浑身上下打哆嗦。

连忙跪下把头磕，

翻身醒来是场梦。

咳，也不知道这几天噩梦咋恁多，

不迷信我也犯琢磨。

我只说，这座宅子不平和——

有啥灾星把俺克。

平平呀，咱近人不说远话，你在县里消息多。 这上级的精神还变不变？ 玉成办工厂搞招工，人家可告着他的呀！

白玉平　周大妈，我正是为这事儿来的。

周大妈　你也知道啦？

白玉平　县长都知道啦。

周大妈　（惊慌地）县长都知道啦？（向内）玉成，玉成！

周玉成　（上）妈，啥事儿？

周大妈　你那招聘工人的事儿，县长都知道啦，还不快把认罪书拿来，先叫平平看看。（向玉平）我说平平呀，今儿个你别走，托你到县里找个熟人儿，替你大华哥求个情，我去给你做饭。（欲下）

白玉平　周大妈，我不能在这儿……

周大妈　平平，"四人帮"那阵子你大妈我也没敢求过人，没敢求过情，怕连累了人家。 今天你来到大妈家，难道你……

周玉成　妈，你托的事情，平平还会不办？ 俺老同学畅谈畅谈，你做饭去吧。

周大妈　中，中。（欲下又回）平平，你们是老同学，从小他就听你的，好好劝劝他。

白玉平　大妈，您放心好啦。

（周大妈下）

周玉成　平平，你现在在哪儿工作？

白玉平　调到你们乡里来了。

周玉成　正好托你把这份认罪书捎给乡长。

白玉平　大妈让你写，还真的写了？

周玉成	母命难违嘛，你先看看是否可以？
白玉平	（接，读）"聘请书：乡长同志，我厂为了扩大生产，科学管理，沟通信息，加强思想政治工作，特聘请您当本厂顾问，请您给予大力支持。"玉成同志，我不能当这个顾问。
周玉成	咋？
白玉平	一是当官的不让参与企业，二是我也不懂。我给你聘请一个农业专家。
周玉成	那太好了！
葛秀琴	（上）玉平姐！
周玉成	秀琴啥时学会搞关系了，乡长刚上任，就认起姐来了？
葛秀琴	我爹是她舅，姑表姊妹，当然喊姐啦。
周玉成	这么说，你爹这一状准能告赢。
	（内，热闹的声音：秀琴，乡长在你家吗）
葛秀琴	在。有事吗？
	（内，热闹的声音：乡里来电话，叫她回乡开大会哩）
葛秀琴	（向内）爹，不用做饭了，玉平姐走哩！
	（葛老贫、周大妈分别上）
葛老贫	啥？玉平你走哩？
周大妈	平平，不吃饭就走？
葛秀琴	人家现在是重任在身，回乡开会。
葛老贫	啥重任？
葛秀琴	爹，玉平当乡长了。
周大妈	平平，你真的当乡长了？
葛老贫	玉平，别哄你舅了。人家常讲，现在当官是四化加一"话"，关键得有人替说话。如今你爸爸丢了权，顶多给他个调研员。上头没靠山，你会当啥官？
葛秀琴	爹，如今你对啥都不相信，当个官还用招摇撞骗？

葛老贫　　（背白）说半天俺外甥女当官啦，常言讲，是亲三分向，不亲都一样，这状真能告赢哩！（对玉平）你不能走，你舅我要拦轿喊冤告告状，秀琴把状子拿来。

周大妈　　（背白）哟，说半天平平是他外甥女，常言讲一拃没有四指近，较起真儿来，她还会向着俺？（向玉平）平平，大妈知你当官不自由，不求你丧失立场护着俺，只求你再给俺一次重新做人的机会。（向玉成）玉成，快把咱写的认罪书拿来。

白玉平　　（唱）舅舅、大妈您都别急，

　　　　　　　　来这村就是为解决问题。

葛老贫　　（唱）啥事你都摸了底，

　　　　　　　　站稳立场你不能迷。

周大妈　　（唱）看看给俺定啥罪，

　　　　　　　　拘留、罚款俺都依。

葛老贫　　说得轻巧，罚你俩钱就算毕了？

周大妈　　葛老贫，咱是对门邻居，你不看僧面也得看佛面，俺情也赔了，认罪书也写了，你还想咋？

白玉平　　好，总算轮着我说话了。（拿状子）舅舅，这状子可是您写的？

葛老贫　　秀琴代笔，我的意思。

白玉平　　算不算数？

葛老贫　　君子一言，驷马难追。

白玉平　　好！咱来个当众宣读。

葛老贫　　（对观众）对，让众人评议评议。

白玉平　　（展状子，读）乡长同志：我和玉成是对门邻居，在建设四化、锐意改革中，我们有共同志向……

葛老贫　　（拉秀琴）咂，妮儿，我听着不对劲，咋是你的口气。

葛秀琴　虽说是我的口气，可手印是你按的呀。

白玉平　（继续读）并且已建立爱情关系……

葛老贫　秀琴，你……

白玉平　舅舅，别急嘛，还没读完哩。（继续读）特聘请乡长同志做介绍人，以使我们结为终身伴侣，携手并肩，建设社会主义新农村。

葛老贫　咦，你……你……你忽悠我，我打死你！（脱鞋追打）

白玉平　（拦）干涉婚姻，随意打人，这才是犯法行为。

葛老贫　好啊，眼下兴恁识字人啦，恁也不该摆治俺这睁眼瞎。（有些似舞似狂地）变啦变啦，眼下啥都变啦，连你这当官哩也变得嫌贫爱富啦！　妮儿，咱可不能变，你跟他结了婚，将来有了孩子也是个"可教"子女。

　　　　（唱）不是我说话不照垄，

　　　　　　　我说的都是实话不中听。

　　　　　　　小鸡换毛难成凤，

　　　　　　　长虫蜕皮也不是龙。

　　　　　　　到啥时都得讲阶级，

　　　　　　　吃香的还是好贫农。

　　　　　　　你要和他把亲成，

　　　　　　　将来孩子也不清明。

　　　　　　　入不了党，当不了兵，

　　　　　　　辈辈落个坏名声。

　　　　　　　到时候，你摔头也难找硬墙碰，

　　　　　　　看你以后咋着弄？

白玉平　（唱）周玉成搞招聘言顺名正，

　　　　　　　他锐意改革立新功。

　　　　　　　乡党委已批准他入党申请，

还准备送他学习去北京。

舅舅呀，你那个老眼光早该改正，

干四化这才是先进标兵。

这样的好青年可钦可敬，

秀琴妹寻了他你也光荣。

周大妈 （唱）你也知这孩子啥脾性，

对门邻居结亲家有啥不中？

到老来还能够把你侍奉，

咱既是一个锅我也赞成。

你愿意当工人不用申请，

我当家，开后门给你批个正式工。

重活儿你要干不动，

就叫你收个报纸打个钟。

这活儿轻松钱不少，

没关系，有人想干也干不成。

周玉成 （唱）大伯你做事很精明，

如今的政策你要想通。

共产党领咱闹革命，

多少人为革命流血牺牲。

咱常说共产主义是天堂美如仙境，

奋斗了几十年为啥还穷？

多少次你忆苦苦难离影，

多少次咱思甜甜却无踪。

你忠心跟党走精神可敬，

建"四化"更应该当个先行。

咱农民住这楼房有何不好，

这草房，再留几代才算终？

改革开放是叫大家都致富，

这才是老一辈真正的光荣。

白玉平　舅舅，你听周玉成说得多好啊！

（内汽车喇叭响，热闹声音：白乡长，乡里来车接你开会哩）

白玉平　今天乡政府要召开"两户一体"动员大会，会上还请周玉成同志介绍经验哩，秀琴，邀请你也去参加。

葛老贫　（思索半天）我也去！

葛秀琴　爹，你……?

（内，热闹声音：老贫叔，你又去忆苦哩）

葛老贫　嘴里头冒火——算叫你说着啦，我就要在大会上忆忆苦——忆我受极左路线毒害的苦。唉，我葛老贫，过去穷，总觉得越穷越光荣，如今党中央叫咱富，今后呀，我要再穷是狗熊！

白玉平　舅舅，欢迎你去！

（汽车喇叭响）

周玉成
葛秀琴　爹，走吧！

葛老贫　（欲走）哎，别慌（掏出钥匙）钥匙交给你妈，叫她看好家。（玉成欲接，秀琴连忙夺过来）

葛秀琴　（递给周大妈）妈！

周大妈　哎！

（内，热闹的声音：周大妈，别忘了请我吃喜糖啊）

周大妈　（对观众）都请着！都请着！

——剧终

豫剧现代戏
红烛泪

时间：改革开放初期

地点：河南某地农村

人物：李麦收，男，二十八岁，农村青年。

白雪花，女，二十四岁，农村青年。

春　华，男，二十六岁，农村青年。

秋　菊，女，二十四岁，农村青年。

麦收娘，女，五十多岁，农村妇女。

李二奶，女，七十多岁，农村妇女。

李兴富，男，四十五岁，公社干部。

李赖孩，男，二十岁，农村青年。

王大脚，女，三十多岁，农村妇女。

吴神婆，女，四十多岁，农村妇女。

群众若干。

第一场

［一个新致富的农家院落，洋溢着办喜事的欢乐气氛。

［麦收娘穿一身新衣，拿一"囍"字斗，喜悦地上。

麦收娘　（唱）过去为穷年年愁，

　　　　　　　　如今总算愁到头。

　　　　　　　　盖罢新房娶媳妇，

　　　　　　　　喜得我两眼热泪流。

李麦收　（一身新郎打扮，上）娘，一场大喜的，你咋哭起来了？

麦收娘　（边为麦收整衣，边说）想想前些年，我连两毛钱的发烧药都吃不起，硬是嚼一把谷子出出汗把病熬好了。为穷，愁着你娶不起媳妇。娘背着你不知哭了多少回，想不到娘还能应上婆婆。

　　　　（李二奶也换上了一件新布衫，挂个拐棍上）

李麦收　（发现李二奶，忙去搀扶）二奶奶，来啦。

李二奶　可怜你这孤儿寡母总算熬出头来了。

麦收娘　正说叫麦收请你老人家来受头哩。

李二奶　一窝儿一块儿的，不请我也来。麦收啊，眼下又兴拜天地了，听说天地桌子上没挂伟人像？

麦收娘　过去一间房子支个锅，整日把他老人家熏得乌眉皂眼的。新房盖好后，去新华书店几趟也没请到他老人家。

李麦收　挂不挂一样，后门儿国成家结婚，写的是个天爷牌位子。

李二奶　我家还有一张，拿来先挂上。　麦收啊，

（唱）不管人家刮啥风，

咱心里可要有盏灯。

这神那鬼咱不敬，

毛主席还是咱的大救星。

三十多年党领导，

闲言碎语可不能听。

麦收娘　二婶子，这点你放心，咱不会圈拉弯里地指天骂地，过去穷，也怨不着哪一个，如今不是党给咱个好政策，咱哪会盖起房子，娶上媳妇？

李麦收　二奶，现在咱银行里有钱，花了两千多，存折里还有两千多块哩。

李二奶　钱，钱，劳模会上你一口气讲了上百"钱"字，回来我就想说你，钱多了，不一定是福。　地主、资本家，不都是因有钱。　庄稼人，粗茶淡饭日子平和。　你不要管我，我到后头跟你姨你姑说说话去。

麦收娘　二婶，你过去吧。（对麦收）麦收，你二奶说的可是大实话，别整日钱、钱地挂在嘴上，叫人家说咱张狂。

李麦收　娘，

（唱）过去没钱你想钱，

如今有钱你怕钱。

虽说我，口口声声不离钱，

那是咱，累死累活挣的钱。

烟叶钱，兔毛钱，

编筐窝篓赚的钱，

鸡蛋钱，猪娃钱，

挣的都是血汗钱。

若不是党中央支持咱挣钱，

光荣花咋会戴在我胸前？

王大脚　（上）还是俺大兄弟说得对，上头叫咱向钱看，抓不到钱算白看。　不是人家看你有钱，大兄弟舍得扔钱，碰见她那个叔又爱见钱，会寻着这么好个媳妇儿？　初中毕业，当过民师。白雪花，你听听这名字！　见了人哪，比这名字还漂亮哩。

麦收娘　多亏你媒人。

王大脚　哎，大娘，俺兴富叔回来没有？

麦收娘　说的回来。

王大脚　不能缺他这个角，人家那头她叔送亲，指望兴富叔陪客哩。那猫尿水往老鼠窟窿里赌灌啦。　大兄弟，你那皮鞋咋没穿？

李麦收　咱当个农民……

王大脚　农民咋啦，不兴穿皮鞋？　人配衣裳马配鞍，要不然人家瞧不起。

麦收娘　他呀，昨儿个就试了，穿到脚上走不成路。

王大脚　跩派头，也得学。　你没有听人家讲吗？　穿皮鞋，大步操；吹风头，不戴帽；戴手表，抒胳膊；镶金牙，张嘴笑。

麦收娘　你懂得真多。　今儿个你还真得管个总哩。　这喜斗交给你。

李麦收　（掏出硬币）娘，这是喜钱，当五分的，一百个。

麦收娘　麦收，你……？

李麦收　娘，你就让我浪费这一回吧。　撒到地上让全村老少爷们儿都听个叮当响。

王大脚　撒一百个才五块钱，买个喜庆！　值！　大兄弟，走，我再给你打扮打扮去。（放肆地拉麦收下）

麦收娘　（拿起斗）他大脚嫂子，把斗拿上，再弄些栗子、核桃、枣的。（攮下）

李兴富　（上，唱）树新风挡不住请客送礼，讲节约仍旧是大摆宴席。

群众会我满嘴都是大道理，

场场请场场喝烂醉如泥。

〔喇叭里传来《幸福不是毛毛雨》的歌声，李兴富随唱：毛
毛鱼，毛毛鱼，我兴富不吃毛毛鱼……

李麦收　（上，见状，发笑）兴富叔，开会回来了。

李兴富　（得意地）大侄子，如今这歌里头把老叔也给编排上了，
它咋会知道我不吃毛毛鱼哩？

李麦收　兴富叔，今儿个不叫你吃毛毛鱼，你是媒人哩，叫你吃大鱼。

李兴富　真吃鱼，我不爱，吐刺太麻烦，你老叔我就爱吃猪头肉。

麦收娘　（拿喜斗急上）麦收，快，快，喜车进村了。（把喜斗递给
李兴富）他叔，你撒罢喜钱再去陪送亲的客人。

〔迎亲的唢呐声由远而近，人们簇拥着新娘上场，李兴富站
在高凳上，撒着喜钱、彩纸、五谷，孩子们抢着喜钱。

王大脚　趔开，趔开，让大家都来看看俺大兄弟那二亩烟叶钱扔得值
不值！　哟，看看那脸蛋，看看那眉眼，看看那泪珠儿，真比
那雨打梨花还好看哩！

青年甲　新嫂子，笑一个！

青年乙　让新媳妇点根烟，治牙疼。

丰收娘　你应叔的，躲一边去！

青年乙　三天不分老少，都兴，都兴！

李赖孩　快把嫂子脸上的泪珠儿舔干净吧，那比珍珠值钱。

麦收娘　（护着白雪花）赖孩儿，你们都学规矩点儿！

〔白雪花突然放声地哭着下场。

王大脚　哟，还怪大的脾气哩。　大兄弟，小心得了"妻管严"。　我
去劝劝她，该拜天地了。（下）

李赖孩　走啊，看拜天地去呀。

［众下场。

李麦收　娘，她咋一个劲儿地哭啊？

麦收娘　俊孩子，才过门儿的新媳妇哪有不哭的？　不是娘家人了，做闺女做到头了，再没有做闺女的时候了，离开娘了，咋会不哭哩。

王大脚　（急上）我的大兄弟，还迷瞪啥，等你拜天地哩。　婶子，你也快受头去！

［三人急下。

第二场

［幕启，二幕前，李兴富、李麦收一起向内打招呼。

李兴富　亲家，恕不远送，后会有期。

［幕内：请回请回！

［李兴富头重脚轻，几乎跌倒，麦收忙扶。

李麦收　兴富叔，你又喝醉了吧？

李兴富　（不高兴地）我醉？　我最……最能喝。　不信，再掂二斤试试。　现在呀，你老叔我才喝个得法……

李麦收　送亲的那个叔，一出庄儿就出酒了。

李兴富　恁老叔就有这个本事，叫他带不走咱的酒，喝多少叫他给咱退赔多少。

李麦收　你公社还有事，回去歇歇吧。

李兴富　好，好。（欲走又回）我的大侄子呀，如今兴解放思想啦，人老实了可不吃香，咱不去学外国的西洋镜头，也得懂点儿这方面的门道儿，侄媳妇是初中毕业，书本上的人家啥不知道？哪天晚上你也领她到柳叶河边，转他个九九八十一圈，再恋爱恋爱，补补缺。

李麦收　大叔……

李兴富　恁大叔我话多理不多，先结婚后恋爱，打李双双那时候就兴了这个规矩，一时半会儿改不了。咱农村能跟城市一样，领了独生子女证才结婚？

（欲下场又回，从兜里掏出一本书）哎，我的大侄子，这是一本《新婚必读》，里面啥知识都有，晚上让侄媳妇先读给你听听。打结婚证的时候，你俩没去，老叔管着公章，开个后门儿把结婚证给你领回来。如今计划生育可是抓得紧，你莫怪老叔我是铁面老包，记住，是儿是女只给你一个指标。

李麦收　兴富叔，你回去吧！

李兴富　咋？嫌恁老叔话多？耽误你入洞房了？年轻人啊，哈哈哈……

　　　　〔李麦收扶兴富叔下。

　　　　〔二幕启，三间新房的正当门儿，摆着一张八仙桌，一对闪着红光的喜烛，已经烧得流了泪。

　　　　〔麦收娘把以李赖孩为首的闹房青年从里间洞房里撵了出来。

麦收娘　走吧走吧，别闹起来没头儿了，看天都啥时候了。（小声对赖孩）听悄悄话，停一会儿，你们不许再来。

　　　　〔众人随赖孩下。

麦收娘　麦收！

　　　　〔麦收上，麦收娘示意麦收入洞房，下。

　　　　〔麦收想入洞房，又不好意思。

李麦收　（唱）都说是洞房花烛无限好，

　　　　　　　麦收我二十八岁头一遭。

　　　　　　　说不出心里是个啥味道，

　　　　　　　我，我，我——

　　　　　　　又喜又怕脸发烧。

　　　［李麦收踌躇多时，终于下定决心，向洞房走去。　不料，洞
　　　房门却"嗵"的一声关上了，把麦收的头碰了个响。　麦收揉
　　　搓着发疼的头，正要爬高上窗，窗户也关上了。　透过玻璃，
　　　可见到雪花哭泣的侧影。

李麦收　你……你来到俺家一个劲地哭，哭个啥哩？

　　　　（唱）新婚之夜真蹊跷，

　　　　　　　过门就来这一招。

　　　　　　　哭哭啼啼没个了，

　　　　　　　声如冷水把我浇。

　　　　　　　我问你，有啥忧愁有啥怨？

　　　　　　　却为何，来到俺家把泪抛？

　　　　　　　为娶你，花钱再多俺不恼，

　　　　　　　为娶你，俺娘日夜把心操。

　　　　　　　十里八村都夸你好，

　　　　　　　谁知你进得门来就撒娇。

　　　　　　　金岗村新娶的媳妇也不少，

　　　　　　　看哪个头一夜就把新郎抛？

　　　　　　　有啥话咱当面说说好不好，

　　　　　　　摸摸你算我丰收孬。

　　　　　　　［见白雪花无动于衷，气恼地。

　　　　（唱）我有心破门跟她吵，

　　　　　　　　［欲用拳击窗——

（唱）俺娘她忙了一天刚睡着。

　　〔赌气地——

（唱）我站他一夜算拉倒，

　　　唉，风寒露冷怎吃消？

（乞求）你就是有什么委屈，也该让俺进屋，对俺说说，总不该这样把俺关在门外挨冻。

　　〔窗户开了，飞出一件棉袄，正扔在麦收怀里。　麦收先是一惊，又转惊为喜，幸福地笑了。

李麦收　如今啊，男的一结婚，就害"妻管严"病，你来到俺家就让俺实践上啦，中，先跟老灶奶奶睡一夜去。

　　〔麦收披袄下，片刻，李赖孩翻墙头上。

李赖孩　（数板）我李赖孩，并不赖，

　　　　　就是名字起得坏。

　　　　　谁家要是办喜事儿，

　　　　　少不了我这根金针菜。

　　　　　听墙根儿，有能耐，

　　　　　回回都是我挂帅。

　　　　　西洋镜头我看得多，

　　　　　最新消息我发得快。

　　　　　虽然不管上报纸，

　　　　　说出来可是人人爱。

　　　　　这个撕扯那个拽，

　　　　　打圈伸的尽脑袋。

　　　　　不信你去问一问，

　　　　　哄人是这么大的圆鳖盖！

　　唉，灯熄了，正是时候。（听）睡着得好快呀，不听说话了，（拿出手灯）看看有什么镜头没有。

［李赖孩刚打开手灯正欲往里照，却被暗暗上场的李麦收端一脚。

李赖孩　谁？

李麦收　（生气）你给我走！

李赖孩　麦收哥，你咋叫我嫂子关在门外啦？

李麦收　（答非所问）我问你，闹洞房的时候，谁欺负你嫂子没有？

李赖孩　她哭个没完没了，再不就把俩大眼一瞪，谁敢跟她真乱啊。

李麦收　你走吧，没你的事啦。（推李）

李赖孩　麦收哥，你别推我，我还有话跟你说……

李麦收　啥话？

李赖孩　（欲言又止）我……我不说啦……不说啦。（欲走，又被麦收拉住）麦收哥，你别急，你听我讲啊。

　　　　（数板）今儿个去娶新嫂子，

　　　　　　　　新嫂子跑得没影子。

　　　　　　　　她叔急得转圈子，

　　　　　　　　派人撵到河湾子。

　　　　　　　　有的推，有的拉，

　　　　　　　　才架到车上拉回家。

李麦收　这话当真？

李赖孩　哄你是这么大的鳖盖儿。　回来的路上，大家都瞒着你和大娘，怕打了你家的兴头，说出来不吉利。

　　　　［麦收娘上，已听了半天。

麦收娘　（惊恐）赖孩儿侄呀，今晚上这事儿，还有迎亲那事儿，你万不可张扬出去，咱可丢不起这个人。

李赖孩　中，中，（摇头）就怕管不住我这个露风嘴。

麦收娘　好侄哩，别吓唬你大娘了，你和麦收是没出五服的兄弟，不能叫外人笑话咱。（向麦收）孩子，你二十八啦，娶个媳妇不容易，咱要有啥对不起她，也兴她怄点气儿，可得听娘的话。

李麦收 娘，你放心，俺会对得起她。

麦收娘 （向赖孩）好孩子，你也回去吧，记住，不要外讲，啊！

李赖孩 （滑稽地唱起《军港之夜》）金岗（军港）的夜啊真蹊跷（静悄悄），黑狼（海浪）把咱家（战舰）轻轻地咬（摇）……

第三场

［幕启，洞房内外。

［鸡鸣，白雪花抹泪，从椅子上站起，听听动静，打开窗户，一道霞光射进屋，又勾起白雪花无限遐思，泪又夺眶而出。

白雪花 （唱）白雪花我泪如泉，

新婚如同噩梦魇。

红烛流泪我流泪，

烛泪干我的泪不干。

我问地，我问天，

问一问这是什么姻缘？

喜事叫人苦难言！

自幼随父把书念，

蜜甜幸福是童年。

十年浩劫人遭难，

爸爸含恨离人间。

母亲弃我改嫁走，

我随叔父种庄田。

叔父养我恩无限，

悔不该，强行给我定姻缘。

他言讲，不寻工，不寻干，

不攀高门不攀权。

图个家好人良善，

日有饱暖手有钱。

叔父啊，你怎不睁眼看一看，

雪花已把恋爱谈。

他与我，自幼上学把书念，

耳鬓厮磨十多年。

可怜他父母生病相继死，

求医欠账几千元。

我劝他托媒他不愿，

不愿我陪他受饥寒。

他一间草房无墙院，

又怕我叔把他嫌。

你呀你，雪花如今把你怨，

你该知雪花啥心田。

彩礼有价情无价，

难道说，你我相爱为了钱？

恨上来，只想一死寻短见，

青年人，自走绝路成笑谈。

我有心去论长短，

怕他们母子心受寒。

听人讲大娘人好心良善，

李麦收也是好青年。

爱情如火把我燃，

良心似油把我煎。

白雪花悲恸欲绝裂肝胆，

痴痴呆呆左右难。

　　〔忽听有动静，急忙把窗户关上。

麦收娘　（上，轻轻叩门）雪花，雪花呀，起来吧。（静）起来吧，雪花，过门头一天，不兴怄气。人家知道了，笑话咱。（看无动静，劝导地）俺来的时候，也是不情愿，俺嫌他爹脾气暴，不温存人。他爹用笤帚打我，拿板凳夯我，我知道都是啥滋味儿。现在呀，你放心，麦收是个孝顺孩子，识劝。招惹你了，你就消消气，你气消不了，我就不让他进屋。这屋是给你盖的，你当这个家儿，他敢摸你一指头，我打断他的腿！你一时想不开，就再想想，我给你端饭去。（下）

白雪花　（心里话）大娘啊，人家都说你心善，杀个鸡你也得半天可怜，你就可怜可怜我这个没爹没娘的孩子吧！难道你和俺叔一样，不懂得年轻人的心吗？

麦收娘　（端两个碗上）我说雪花啊，你洗洗脸，梳梳头，开开门，我把饭给你端进去。

　　〔雪花有些感动，欲开门又止，身依门，手捂脸，失声痛哭。

麦收娘　（也难受得哭出声来，忽止，怕邻居听见，极力压抑着）孩子啊，你是信不过我，怕我坑你骗你呀！

　　（唱）花呀花，莫啼哭听娘细讲，

　　　　　再有气你也该喝口热汤。

擀一碗细面条不咸不淡，

打一碗鸡蛋茶有蜜有糖。

咱的家可不是过去那样，

任你吃任你穿有钱有粮。

你没来娘日夜把你盼望，

睡梦里哭几回笑醒几场。

村上人都说你见多识广，

懂是非识好歹知理达章。

手头巧人品俊仙女一样，

金岗村飞来你这只凤凰。

为娘闻听心欢畅，

半生夙愿今得偿。

我日日念来夜夜想，

盼你早来到我身旁。

只盼得我白发增多黑发少，

只盼得我心里发焦脸发黄。

只盼得我茶难入口饭难咽，

只盼得我夜夜都是梦一场。

如今总算盼来了你呀，

你、你、你，你就隔着门缝望上一望，喊我一声娘，

我的孩子呀，

我、我、我，我就是给你做饭端茶，缝衣补裳，

天天侍奉你我也心安详。

白雪花　　（突然开门扑倒在麦收娘怀里）娘！

　　　　　[麦收上，见状，喜剧性地端碗，发现饭凉，端碗下。

麦收娘　　（惊喜地）我的好孩子，赶快叫娘看看。（捧起雪花的脸，

　　　　　用袖子为雪花擦着泪痕）看看，看看，真像画里画的，唉，

声也哭哑了，眼也哭肿了，进门儿就哭成这个样子，叫我这当娘的脸往哪儿搁啊！

白雪花　（恢复平静，意识到自己的失态，松开了麦收娘）大娘……

麦收娘　孩子，不对，不对，该叫娘。

白雪花　（忽然跪下）大娘，我就是您的亲闺女，你是我的再生亲娘，你的恩情我永远忘不了。

麦收娘　孩子，你又咋啦？（扶起白雪花，莫名其妙地）你……

白雪花　咱是母女缘分……

　　　　〔麦收上场多时，听到白雪花的称呼，似乎明白了什么，赌气进屋。

麦收娘　小赖种，你想把人吓死呀！

　　　　〔雪花坐在床上，偏过脸去。

麦收娘　（端起饭碗）雪花，趁热吃吧，别再凉了。

白雪花　（接碗，放下）我不饿。

李麦收　（气愤地）碗里没下毒，药不住你。

麦收娘　（责怪地）吃枪药啦？　说话怎冲。　去去，你给我出去。

李麦收　（委屈）我不出去，叫我骨蜷灶屋里冻半夜啦，我得问问她，我哪一点对不住她？　是衣裳没买，是彩礼没送？　我到底有啥不是……

麦收娘　你给我住嘴！（把麦收搡出门外）去，走你的！

李麦收　娘，孩儿我也没跟你打过别，这一回你叫我把话说完。（对雪花）这一冬一春，咱全金岗村有六七家娶媳妇的，问问哪家有你这排场？　你上过初中，也知道联合国在哪儿，打听打听哪洲哪国的新媳妇头夜就把男人关在门外边？　一千多块钱扔水里能听个水响，买个电视也能逗俺娘乐一乐，为啥买不来你个笑脸？　我李麦收虽说不识多少字，可也不是无情无义的人。　可你……

麦收娘	麦收！（推麦收）
李麦收	你说，不吭不哈，一个劲地哭，哭，把俺娘、把我都蒙在鼓里，你……？
白雪花	（良心上受到责备）怪我……怪我心里……（欲言又止，抽泣起来）
麦收娘	（连忙走到雪花身边，为雪花擦泪）孩子别哭，快给娘说说你心里到底想的啥？
李麦收	有话就说到明处。
白雪花	俺心里……（欲讲又改口）难受。（忍不住趴在床上痛哭失声）
麦收娘	（把气撒在麦收身上）去，去，滚你的，别再给雪花添难受了。（麦收娘扶起雪花也哭起来）
	〔麦收在门外痴呆地站着，李赖孩上。
李赖孩	（拉麦收，背场）麦收哥，我上大脚嫂家去借抢草铲子，她叫你哄着雪花嫂子，吃下这几片药片子……
李麦收	为啥？
李赖孩	大脚嫂子说雪花嫂子是知识分子，知识分子爱害那失眠症，她睡不着，你就进不去屋，这安眠药一吃——
李麦收	（为难）不能，不能！
李赖孩	麦收哥，啥事都不能怎老实。结婚两天了，还没跟新嫂子躺一块儿哩，人家知道了说你没本事。
麦收娘	外边谁说话？
	〔李赖孩急下。
李麦收	娘，叫我再问她一句话。
麦收娘	不等雪花消了气，你休想进来。
李麦收	（边说边进）娘，你放心，我不难为她。
麦收娘	（阻拦）你又要干啥？

李麦收　娘，你在这儿守着，我不叫你作难。（走到雪花面前）我不瞒你，这是人家送来的安眠药，叫我哄着你吃了，你说你吃不吃？

白雪花　（哭）

麦收娘　雪花没病，吃啥药？

李麦收　中，俺不逼你，可俺不能再跟老灶奶奶过夜，叫村上的人笑话，这药，我替你吃。娘，过去我没吃过安眠药，头一挨就打鼾。今儿个就算孩子我死过去一回。（说着，端茶吃药，把鞋一甩，拉起被子蒙头躺下）

　　　　（白雪花惊吓得站起来）

麦收娘　花，别怕，他睡下就像个死猪，别理他。走，跟我上那间去。（对麦收）小赖种，起来了我再跟你算账！

第四场

　　　　[山区野路，白花开满枝头的大梨树下，一个庵棚。

老　汉　（喊）小师傅，小师傅！嗨，该吃饭了，又上哪儿啦？

　　　　（唱）山沟里种烟叶头年摆弄，

　　　　　　　请师傅请来个青年后生。

　　　　　　　吃不论睡不讲能俭会省，

　　　　　　　手艺好又勤快办事热情。

　　　　　　　今夜里一眨眼做个好梦，

　　　　　　　梦见他与我女儿把亲成。

一梦把我来提醒，

乘龙快婿实难逢。

倘若他没把亲定，

何不借机来挑明。

为女择婿自古有，

了却心上事一宗。

（白）年轻娃娃到底又想家啦，看，在山头上望哩。（喊）

小师傅，吃饭哩。（下）

春　华　（上唱）来下烟苗半月整，

坐不安来睡不宁。

我只说离家躲心病，

谁知心病又多几层。

多年来雪花把我等，

等来等去一场空。

近日雪花要出嫁走，

不知是死还是生？

失魂落魄心不定，

满腹愁绪对苍穹。

老　汉　（出）小师傅，我看你饮食越来越少，面庞越来越瘦，是想

家了吧？

春　华　家倒也不想……

老　汉　（幽默地）莫不是想媳妇了？

春　华　大伯，我还没订婚哩。

老　汉　好，好！

春　华　大伯，好个啥？

老　汉　你响应上级的晚婚号召，是个好青年。

春　华　不，不！

老　汉　小师傅，你不个啥?

春　华　您老过奖了，我不配。

老　汉　配，配，正般配。（忽觉自己文不对题，忙岔开）小师傅，
　　　　你快吃饭，今儿个呀，是我妮给你打的鸡蛋汤，烙的葱花油
　　　　饼。凉了没味儿，走，进庵吃饭去，我还有话想跟你讲哩。
　　　　（拉春华进）

　　　　〔秋菊风风火火地上。

秋　菊　（唱）一天来坐汽车四处奔走，

　　　　　　　　找哥哥急得我火烧咽喉。

　　　　　　　　走一坡又一坡坡高路陡，

　　　　　　　　东一家西一户何处寻求。

　　　　〔四外观望，烦躁地）这么大个山，村不挨村，户不连户
　　　　的，上哪儿问哩!

　　　　〔老汉自内出。

秋　菊　（观老汉）大伯，跟您老打听个人吧?

老　汉　问吧，这山上的人，沟里内外，没有我不认识的。

秋　菊　有个叫海春华的……

老　汉　没有，没有，这一带就没有姓海的。

秋　菊　他会下烟苗。

老　汉　来下烟苗去年倒有一个，不过他不叫海春华，他叫"科
　　　　研户"。

秋　菊　正是他，正是他!

老　汉　（打量）你也请他下烟苗?

秋　菊　我找他回家，家有急事。

老　汉　（背）怪不得他想家，到底他成家了。常言讲好梦不长，招
　　　　婿的事儿，就不提了。（向内）小师傅，小师傅，你看谁来
　　　　啦?

春　华　　（出，惊喜地）秋菊！

秋　菊　　哥哥！

老　汉　　小师傅，这是……?

春　华　　这是我的妹妹。

老　汉　　你们是姊妹俩呀，不是梦啦，不是梦啦。

秋　菊　　大伯，俺兄妹相逢，咋能是梦哩?

老　汉　　哈哈哈，你姊妹俩说话，我给你们掂茶去。（下）

春　华　　秋菊，雪花她——结过婚了?

秋　菊　　哥哥，

　　　　　（唱）雪花她为等你彩礼不收，

　　　　　　　　她的叔牛不喝水强按头。

　　　　　　　　结婚证开后门世上少有，

　　　　　　　　上喜车又拉又拽如抢似偷。

　　　　　　　　雪花姐含悲愤大声呼救，

　　　　　　　　指望你你却躲进这深山野沟。

春　华　　（唱）好妹妹你越讲我越难受，

　　　　　　　　难道我不想与她共白头?

　　　　　　　　咱一间破草房风吹雨漏，

　　　　　　　　借的款拖的债写满墙头。

　　　　　　　　自幼她少怜爱苦难受够，

　　　　　　　　怎让她再陪咱为穷担忧。

　　　　　　　　为使她断思念我才出走，

　　　　　　　　但愿她有一个如意情俦。

秋　菊　　（唱）雪花姐一颗心冰清玉透，

　　　　　　　　你与她心心相印意合情投。

　　　　　　　　她的爸叫顶班她不依不顾，

　　　　　　　　却愿意在农村与你同舟。

难道说金钱能把爱买走？

难道说贫穷就把志气丢？

堂堂的男子汉我替你丢丑，

新青年也成为负义之流！

春　华　妹妹，你别说啦！（痛苦地依在树上哭泣）

　　　　［老汉搋茶上。

老　汉　到了是小孩子家，姊妹俩一碰面就吵起来了。给恁大伯说
　　　　说，恁俩为啥，我给恁评评理。

秋　菊　大伯，你不知，俺哥谈了个对象……

　　　　［春华示意不让讲。

老　汉　恁哥有对象啦？

秋　菊　光明正大的事儿，怕啥？

老　汉　（急问）是叫你哥回去结婚哩？

秋　菊　人家又走啦。

老　汉　走就走了吧，像你哥这样的好青年娃，还愁寻不到老婆？

秋　菊　人家人走，心还等着他哩！

老　汉　这就不好办了，已经是人家的人了，还能中？

秋　菊　咋不中？他们那婚姻叫三体合一——封建式的父母包办、资
　　　　产阶级的金钱买卖，加上个现代化的结婚登记开后门儿，他
　　　　们是非理、非法、非情，上县里告他们去。

老　汉　对，告他们，我领恁去。我有侄子在县政府里干着事哩，他
　　　　开后门儿，咱也开后门儿。

秋　菊　大伯，只要有理咱走前门儿。哥，你必须到金岗村去一趟，
　　　　见见雪花姐，叫她与你一起去，更有话讲。

春　华　大伯，烟苗刚出土，您老多操心，停天我再回来。

老　汉　孩子，恁大伯人老思想不老，这种事我支持。（掏钱）给，
　　　　我这还有二十块钱，拿去，别见外，留着路上花。

春　华　谢谢大伯!

秋　菊　谢谢大伯!（二人同下）

老　汉　（望着二人）多好的青年!（忽然想起自己的女儿）嗨，我
　　　　到底还是做了一场梦啊!

第五场

　　　　〔二幕前，麦收娘送吴神婆上。

麦收娘　他吴婶，麻烦了你一晌午，鸡也没炖烂，你也没吃好。

吴神婆　（边剔牙边说）看你说的，能是人家？ 只要媳妇好了，就是
　　　　咱的福。 谁让你娶那么好个媳妇儿，仙女似的，七妖八怪咋
　　　　会不眼热？ 不要紧，经我这一镇乎呀，邪气儿自会跑的，赊
　　　　等着过好日子啦——这样吧，不中了，我再来。（吴神婆
　　　　下）

麦收娘　（自言自语）过去为没钱发愁，现在有了钱，还发愁，钱能
　　　　治穷，为啥治不住愁哩。 那钱，俺麦收挣着也不容易呀!
　　　　（唱）可怜啊麦收儿苦苗独根，

　　　　　　　自幼他随着我忍饥受贫。

　　　　　　　因为穷没能把学堂门进，

　　　　　　　一个筐一把镰风刮雨淋。

　　　　　　　责任制俺农民日子好混，

　　　　　　　俺麦收干起活儿火上添薪。

　　　　　　　种烟叶他浑身都是用不完的劲，

养种兔他更是日夜操心。

拜师傅走访过五集六镇，

寻良种跑遍了十里八村。

分分钱都是麦收拼尽血本，

平日里不舍得花上分文。

常言讲有钱能办如意事儿，

却为何买不来个知冷知热如意人？

吴神婆　（唱）来俺家通风报信，

她言道媳妇是妖气缠身。

家有难人有病心中纳闷，

也不知她的话是假是真。

拿上香摆上供把神灵求问，

也宽宽我这颗苦难的心。

李赖孩　（上）大娘，麦收哥那药片灵不灵？

麦收娘　老灵，恁麦收哥睡得像死猪，躺那一夜没动弹。

李赖孩　咋？叫麦收哥吃啦？那是给新嫂子治病的呀！

麦收娘　治恁娘那脚，还不快去把恁麦收哥叫醒。

　　　　〔赖孩唱"金岗的夜呀真蹊跷，黑狼把咱家紧紧地咬……"
下，麦收娘同下。

　　　　〔二幕启，李二奶家。李二奶在虔诚的音乐声中，捧出毛主
席的画像，边擦边端详。

李二奶　（唱）多亏您老人家搭救于俺，

才使得受苦人免受饥寒。

时刻刻知党恩把您怀念，

但求您英灵在托福九天。

　　　　〔李二奶小心翼翼地把像挂好，麦收娘扪篮上。

麦收娘　（喊）二婶在家吗？

李二奶　（迎上去）知道恁心情不好，想着恁要来的。

麦收娘　孩子结婚，本该早来看您的，不想您亲自去俺家了，真叫人过意不去。　给，这是麦收孝敬您老的二斤好果子，还有两瓶罐头，都是甜的，你能吃。

李二奶　咋？　是来开后门的？　这不，他老人家看着呢，我要收了呀，可不批判死我。

麦收娘　二婶，咱能是地主，拉拢你？　孩子孝敬的，不该吃？　这不，我不是也给他老人家送香火来啦？

李二奶　好，我就领情孩子的孝心啦。（东西送下，复上）

麦收娘　二婶子，你说人活着，咋总是发不完的愁呢？　过去为没吃没穿愁，为娶不上媳妇愁。　如今有了，媳妇也到家啦，还是愁。　我的命咋该恁苦哩！（麦收娘忍不住哭泣起来）

李二奶　（忙收拾桌子）先别哭，先别哭，他老人家在世时，咱拿不出啥东西敬他老人家，那时候也不是一家穷，如今有了就不能忘本。　你想想，咱毛主席，这么大个国家，啥事不是经他老人家一手办的？　咱这点难算个啥？　你看他老人家一直看着咱哩。

麦收娘　活着的时候，叫他老人家操心，走了，还要麻烦他老人家。

（说着，偷偷地从篮中掏出香纸）

李二奶　你不用怕，咱敬的不是老天爷、观世音，咱敬的是咱党的领袖。　咱都是靠党过光景的人，心不顺了，还不该找他老人家说说心里话？

［李二奶掩上门，拉住红布窗帘，点上一盏老式油灯，霎时屋里充满圣洁而朦胧的红光。　李二奶点上一炉香，香烟缥缈，更显神秘。

李二奶　（念叨着）麦收娘也是您依靠的阶级，她孩子还是咱党里人，您老人家就收下这炉香火吧。

　　　　　〔李二奶又把一个草垫子扔在桌前，回头对麦收娘。

李二奶　在他老人家面前，咱还算是小妞妞家，有啥苦楚，有啥心里话，都给他老人家说了吧。

麦收娘　（李二奶的话勾起了她无限愁绪，她跪在草垫上，感情真挚地）老人家呀！

　　　　　（唱）在天之灵您听真，

　　　　　　　　　啥时候也不忘您的恩。

　　　　　　　　　如今不缺吃和穿，

　　　　　　　　　只求事事都称心。

　　　　　　　　　媳妇能喊俺一声娘，

　　　　　　　　　知道跟俺麦收亲。

李二奶　（点头，纸火升起）快看看，老人家显灵啦，磕头，再磕一个头！

麦收娘　（连连磕头）大慈大悲的老人家啊，您又为俺回来一回，操心一回。俺麦收，俺雪花，还有我这个苦命的老婆子，千谢万谢，谢恩不尽。俺永远高呼您老人家：万岁，万岁，万万岁！（麦收娘站起挥臂，似乎有点狂）

　　　　　〔李赖孩上场，见状，不禁笑出声来。

李二奶　（赶赖孩）你给我滚开，娃子家哪知老人的苦楚。

李赖孩　二奶奶，您吃饱没事干，净搞些现代迷信。

李二奶　你娘那脚，我现在搞迷信，土改我当积极分子的时候，还不知道你在哪天国熬着哩。你娘生你，你古怪，硬是哇哇地光哭不出来。你爹到太昊陵里烧香磕头，亏我赶到医院把医生请来。你奶奶我在你跟前有着恩德哩，如今倒教育起我来了。给咱党的领袖磕头，这不是迷信，这叫不忘本！

李赖孩　这是上头说的。

李二奶　上头？咱公社书记他亲奶奶还让咱支书家娘领着来俺家拜过

哩，人家当着官不比你知道得多？ 赖种，还吓唬我哩！

李赖孩　二奶奶，您老别生气，我也是来求拜哩。

李二奶　你来拜个啥？

李赖孩　保佑我别娶个像白雪花那样的老婆，头一夜就把新郎关门外边。

麦收娘　赖孩儿，你嘴上的封条又掉啦？

李赖孩　（滑稽）打我这跑风嘴，打我这跑风嘴，（唱"金岗的夜呀真蹊跷，黑狼把咱家狠狠地咬"下）

第六场

〔二幕前。

王大脚　（上唱）是怨爹？ 是怨娘？

長了双大脚九寸长！

如今脚大不为丑，

干活儿可比小脚强。

这两年实行责任制，

王大脚我又沾了光。

男人地里把活儿干，

我学会了说媒这一行。

自古媒婆不落好，

编成戏都是丑婆娘。

说媒时都是三家好，

生了气却找媒人论短长。

麦收结婚我做媒，

这个媒说得算窝囊。

新娘不知啥毛病，

不叫新郎入洞房。

刚才赖孩儿对我讲，

这事还得我帮忙。

李赖孩　（上）大脚嫂子，你家的老母猪又那个了？

王大脚　没有呀。

李赖孩　（递药）你叫我买这药面弄啥？

王大脚　（神秘地）不知道就别打听。

李赖孩　（忽然省悟）这药人能吃？

王大脚　（放荡地笑起来）哈哈哈，有话不瞒你说，大兄弟，恁嫂子我就吃过这药，不信问问你臊胡哥去。如今时兴知识，时兴科学，走吧，看看恁嫂子我是咋个播种子的。（拉赖孩儿下）

　　　　〔二幕启，景回第三场。

白雪花　（唱）月照影，星透窗，

星月伴我诉衷肠。

爱情如星亮如睛，

爱情如月冷如霜。

我要说，我要讲，

我要冲出这堵墙。

男女相爱有何罪，

何用躲来何用藏。

擦干眼泪心坦荡，

要和麦收诉衷肠。

王大脚　　（上）我说雪花妹子，今儿个还没吃饭？　这人可不能不识抬举。　人家麦收，有人品，有政治，有经济，比董永还多两条哩，你就是七仙女，也还配得住你。　你别嫌我说话粗鲁，咱农村比不了那城市。　恋爱结婚不分家，稀里糊涂就算啦，我和你臊胡哥结婚的时候，也没感情，我看见他那羊羔子脸就闹心，如今，也是闺女儿两仨。（看见雪花在厌恶地打盹儿，没趣）我给你盛饭去，说真的，伺候人我还是头一次。（欲下，麦收娘端碗上）

麦收娘　　（递碗）给，我给端来了。

王大脚　　看看，上哪儿找这么好个婆子，饭给你端到跟前，就动动你那金口，吃上一碗吧。（接碗，递给雪花）你这一碗……？

麦收娘　　你那碗有点凉，我现下的。

　　　　　〔王大脚气恼地下。

麦收娘　　（可怜地）花儿呀，还不吃吗？　看你那脸，才三天就饿塌坑儿了，你叫我心里……（麦收娘哭了起来）

白雪花　　（同情地）你老人家别哭，我吃。

麦收娘　　好，那我就看着你吃。

　　　　　〔雪花吃上一口，王大脚又端来一碗递给雪花，把另一碗夺下。

王大脚　　恁娘做饭拿不住盐味，这一碗味正。

麦收娘　　看叫恁大脚嫂子忙的。　好，咱都吃饭去，跟俺雪花比比，看谁吃得多。

吴神婆　　（剔牙上）老嫂子，我吃好啦，把侄媳妇交给我吧。

王大脚　　你也就该消消食儿啦，要不呀，那白公鸡还在你肚里打鸣哩。

吴神婆　　（反唇相讥）吃上一只鸡算啥？　顶不住你那十斤兔毛钱！

麦收娘　　（解围）一只鸡，几斤兔毛，眼下都不算啥，只要俺雪花好了，我跟麦收就承不完的情。

　　〔麦收娘边说边拉大脚下。

吴神婆　　侄媳妇，你就放开肚子吃吧，一顿吃上一锅，如今也吃不穷他，咋……咋又把碗搁下啦？

白雪花　　我吃不下。

吴神婆　　侄媳妇，你呀！

　　　　　（唱）人生在世讲吃穿，

　　　　　　　　哪个不把钱财贪。

　　　　　　　　是神都爱受香火，

　　　　　　　　是鬼都知要纸钱。

　　　　　　　　啥事不要想恁远，

　　　　　　　　吃饱喝足心里宽。

　　　　哟，你看这面条下的，葱花儿青青的，鸡蛋黄黄的，小磨香油香香的，哪有吃不下的道理儿。（吴神婆注视着碗，眼馋地）侄媳妇，你当真吃不下？

白雪花　　嗯。

吴神婆　　好，你吴婶我爱帮忙，就帮你一回。（端起面条，吃个精光）

　　　　　〔麦收娘上。

吴神婆　　看，我好说歹说，侄媳妇儿总算吃完啦。

麦收娘　　他嫂子，还是你手头高，俺雪花可算吃完啦。

王大脚　　（上）啊，高低吃下啦，十八刁不过二十哩，吴婶，快把麦收拉来。大婶，多亏您老烧高香，这一回呀，赌等着抱孙子啦。

麦收娘　　（向吴神婆）对着俺雪花，可不兴说些不上桌的话。（拉王大脚下）

吴神婆　　（向内）麦收！（下）

［吴神婆拉着麦收，边扭边唱。

吴神婆　　（唱）正月里来正月正，

　　　　　　　　手拉我的情哥哥去逛灯，

　　　　　　　　左也灯，右也灯，

　　　　　　　　前也灯，后也灯，

　　　　　　　　你也蹬，我也蹬，

　　　　　　　　新被子蹬了一个大窟窿……

麦收娘　　（上）他吴婶，你这是咋啦?

吴神婆　　（情不自禁地狂舞起来）

　　　　　　（唱）正月里来正月正，

　　　　　　　　手拉着情哥哥亲上一亲，

　　　　　　　　左也亲，右也亲，

　　　　　　　　前也亲，后也亲，

　　　　　　　　你也亲，我也亲，

　　　　　　　　大侄子长得真喜人……

王大脚　　吴神婆，你寡妇媳子的瘾上来啦?

吴神婆　　你擀的那碗面条吃得真得劲!

王大脚　　说半天，那碗面条你吃啦?　快，快!　拉着吴神婆到医院打针去!

李麦收　　大脚嫂子，你这是……?

王大脚　　（附在麦收耳边小声说话）

李麦收　　（气，两手各推吴神婆、王大脚）恁俩都给我滚吧!

吴神婆　　你个不识好歹的货!

王大脚　　叫你一辈子绝户头!（王大脚拉吴神婆同下）

麦收娘　　孩子，三天了，我、俺麦收，哪一点对不起你，你不能再让俺娘儿俩蒙死鼓里了。

白雪花　　大娘，我对不起您老人家和麦收。

麦收娘　你说啥?

白雪花　俺心里已经有人了。

　　　　[李麦收如雷击顶,抓起一只茶杯,摔在地上,自己扶着门
　　　　框痛哭起来。

麦收娘　我苦命的儿啊,咱娘儿俩的命咋恁苦啊!

第七场

　　　　[景回第一场。

　　　　[李麦收呆坐在桌旁,耳边仍响着雪花的声音:俺心里已经
　　　　有人了,俺心里已经有人了……

李麦收　(唱)白雪花一声唤她有心上人,

　　　　　　　　一句话砸疼了我的心。

　　　　　　　　细思想我怎能把雪花恨,

　　　　　　　　李麦收我也有过心上人。

　　　　　　　　俺自幼常在一起滚,

　　　　　　　　砍柴放羊她走我跟儿。

　　　　　　　　我背她蹚水过河多亲近,

　　　　　　　　她给我抹脸擦汗多温存。

　　　　　　　　槐荫树下盟誓愿,

　　　　　　　　柳叶河边许终身。

　　　　　　　　哪知道,她哥三十难娶妻,

　　　　　　　　她的父用她去换亲。

可怜她卧轨寻自尽，

粉身留下一颗心。

麦收捧血对天问，

是谁夺走我心上人？

心上人，心上人，

雪花是人我是人，

将心比心心何忍，

怎叫她人成冤魂！

明心迹要对雪花讲——

麦收娘　　（内喊）麦收，又没地方睡觉了？　来娘屋里睡一会儿吧。

李麦收　　（唱）可怜我的老娘亲，

盼儿媳盼得肝肠断，

盼来儿媳她更伤心。

左右为难难坏我，

麦收我该如何去做人？

（忽然脚下接连落下几颗石子，李麦收捡起来正在怀疑，幕后传来了李赖孩等人的喊声：打黑狼啊，抓住他，捆起来！随着喊声，春华被反剪双手，秋菊也被推搡着上来）

李麦收　　（厉声）你是谁？

李赖孩　　准是白雪花的野男人。

秋　菊　　你胡说！

李麦收　　（向秋菊）你是谁？

秋　菊　　你管不着！

李麦收　　我问你，往我家扔石子干吗？

李赖孩　　说，是不是给白雪花送的密电码？

男　甲　　我说白雪花咋不跟丰收哥过哩，奶奶的，欺辱到咱劳模状元头上啦！

李赖孩　来，把他吊到树上打！

　男　甲　让他尝尝咱金岗村的厉害！

　　　　　〔众人一拥而上，欲打。

白雪花　（出现在新房门口）不准打！（走到秋菊面前）秋菊妹妹，
　　　　　（又走到春华面前）春华哥，（对众）他是来找我的，我在等
　　　　　他！

麦收娘　（边扣扣边上场）花儿，花儿，你这是咋啦？（扑到雪花面
　　　　　前）

李麦收　（走到春华面前）你到这儿来干啥？

春　华　我是来拜访你的，拜访你这个全县里的种烟状元，怎样用钱
　　　　　买媳妇当新郎的。

李赖孩　有钱你也买去，到这儿当啥英雄！

春　华　但我只想告诉你，白雪花是我的，我要娶她！

李赖孩　他来跟麦收哥争老婆哩！打！

李麦收　（从赖孩儿手里夺过手灯，照着春华的脸，举起巴掌欲打）
　　　　　你！

麦收娘　麦收，有理说理，别打人家！

李麦收　（有所发现）啊，是你？（众愣，忙让道）赖孩儿，还有
　　　　　你，你们忘啦，他是东坡村的科研户，送给咱一等一的好烟
　　　　　苗。他是个一等一的好人，（上来拉住春华的手）大兄弟，
　　　　　算俺金岗村的青年娃子没长眼，委屈了你，叫你遭了罪。

麦收娘　孩子，我咋叫你说糊涂了？

李赖孩　大娘，
　　　　　（数板）前年八月快尽头，

　　　　　　　　俺瞅了一个月黑头。

　　　　　　　　麦收哥胆大领着头，

　　　　　　　　偷烟种爬到车坡地里头。

俺只顾咔嚓咔嚓掰烟头，

却被人家按住头。

把俺拉到庵里头，

他拿出了一个布袋头。

他说道，这个品种头号头，

推广户你先带个头。

送给他钱他摇头，

感动得我真想给他磕响头。

谁知道，我没给他磕响头，

他却挨我一拳头！

科研大哥，你再还一拳头吧？

麦收娘　说半天，也是个好孩子呀！

春　华　我培养良种，就是为了推广它，提高产量，增加财富。

李麦收　没想到，我又拿着烟叶钱，去……（不知道说啥好）科研兄
弟，今天我当着众人的面，请我这苦命的老娘做证，雪花妹
妹来俺家三天，给俺娘当了三天闺女，我跟她，是兄妹缘
分。（向雪花）大妹子，怪我麦收糊涂，叫你受了委屈。眼
下，我就送你走，跟这位哥哥、这位妹子一起回去，我给你
们……打着灯。

麦收娘　孩子，我舍不得叫你走。（哭）

秋　菊　大娘，别难过，我也是个没爹没娘的孩子，您老人家不嫌
弃，我就认在您跟前，伺候您。

白雪花　娘，今儿个我不走啦，让我伺候伺候你，尽尽我这当闺女的
心。

春　华　麦收哥，我得赶回梨树沟，还给人家研究着烟苗哩。

麦收娘　你也住一天，孩子，跟你麦收哥说说话。

春　华　不啦，大娘，我还要搭早班车。

麦收娘　　那——你等等，（忙下场复上）这是几个烙馍，拿着路上吃。

李赖孩　　媳妇都叫人家认跑了，还给他们烙馍哩！

麦收娘　　咋不给？　亲闺女，干闺女，一下子有了俩闺女，这也是喜哩！

第八场

　　　　　　〔三月田间，一片喜色。

　　　　　　〔雪花、秋菊上。

雪花、秋菊　　（对唱）春风春雨送春暖，

　　　　　　　　　　　绿山绿水流绿泉。

　　　　　　　　　　　新红点点桃花染，

　　　　　　　　　　　山变美来水变甜。

　　　　　　　　　　　——人心变得似甘泉！

　　　　　　　　　　　大娘人好心良善，

　　　　　　　　　　　麦收也是好青年。

　　　　　　　　　　　好大娘会有好媳为伴，

　　　　　　　　　　　祝麦收有一个美满姻缘。

秋　菊　　雪花姐，大娘背着咱正哭哩。

白雪花　　停一天咱一块儿来看看大娘。

　　　　　　〔幕后，麦收喊：雪花，秋菊！

雪花、秋菊　　麦收哥！

李麦收　　（上）雪花，秋菊，

（唱）恁两个刚刚出门走，

咱娘哭泣得不抬头。

她怪我不把鸡蛋煮，

她怪我不把恁挽留。

她怪我不送恁到大路口，

怕恁地生路不熟。

白雪花 （唱）这几天莫要离娘走，

多宽宽娘的心免她忧愁。

平日里俺常来把她看候，

母女情兄妹意决不忘丢。

　　　　　〔幕后，王大脚：麦收，送的谁呀？

李麦收 我妹妹。

　　　　　〔幕后讥笑声：没材料，就用那二亩地烟叶钱，也能到美国
买个洋媳妇。 哈哈哈！

李麦收 （愤怒地）别再说啦，谁再腌臜人家我可不依！ 你懂不懂，
人家、你们、我李麦收，都是人，十年动乱那阵子，咱把
“人”丢了，把“人”忘了，如今，就得捡起来，就得想起
来。

　　　　　〔幕后，麦收娘喊：闺女！

麦收娘 （上）闺女，等等！

雪花、秋菊 娘，你又追来啦！

麦收娘 给你煮几个鸡蛋拿着。 雪花，这二斤果子给你叔捎回去，赖
好俺是亲家哩！

李麦收 娘，你又扯哪儿去啦！

麦收娘 咋，娘说错啦？ 花儿是我认的闺女，俺是干亲家，回去跟他
捎个信儿，你跟春华那事儿他要打绊我可拉他说理去。 我这
个干娘，也得当一份家。

秋　菊　娘，你真是个好娘。

麦收娘　唉，说实在的，这一走，把娘的魂也给勾走啦，娘一不是味两难受哩。（泪）

李麦收　娘，你又哭哩！

麦收娘　你看我，就是泪多。　秋菊，你丢东西没有？

　　　　（秋菊寻找）

麦收娘　别找啦，你把花手帕掉在娘的床上啦。

秋　菊　妈，留着你用吧。

麦收娘　花花绿绿的，娘用不着它。

秋　菊　娘，俺不要啦。

白雪花　（看出秋菊的意思，拿过手帕，递给麦收，麦收惊）送给你吧。

　　　　［麦收欣然接受。

麦收娘　麦收，男人家，你要那？（雪花拉麦收娘，麦收娘发现秋菊的意思，连忙改口）好，你喜欢你就拿着吧，你秋菊妹乐意给你。

秋　菊　（拉白雪花）娘，俺走啦。（下）

麦收娘　停两天可来啊！

　　　　［幕后白雪花应：停不了两天就来。

　　　　［李兴富上。

李兴富　麦收，你是咋啦？　党有党纪，国有国法，你也不打个招呼，办的有手续，这一走就算啦？

李麦收　（掏出结婚证，递给李兴富）兴富叔，开后门办的，还开后门还你。

李兴富　（怒）你……

李麦收　要不这样，大侄子我再结一次婚，给叔叔你留的还有猪头肉哩！

李兴富　　（转怒为喜）老叔我是谁，花了那么多钱，没落一个啥？

麦收娘　　咋没落一啥，麦收叫你叔看！

李兴富　　（见手帕）千把块钱就买个手帕？

麦收娘　　这是人家姑娘给麦收的定情信物。

李兴富　　姑娘？　不是已经走了吗？

麦收娘　　（指）你看，和白雪花并肩走着那个叫秋菊的。

李兴富　　打结婚证的时候，吭个气儿。

李麦收　　咱不走后门儿，要走前门儿。

李兴富　　前门后门都不能少一样儿。

李麦收　　啥？

李兴富　　猪头肉！

麦收娘　　你兴富叔叔就爱吃猪头肉！

　　　　　　（三人下，落幕）

——剧终

妈妈，再陪我一会儿

本剧荣获第四届全国少儿曲艺大赛演出、剧本、作曲、演员等八项大奖和河南省第六届少儿曲艺大赛九项大奖。

项城市豫剧团首演

谱　　曲——陈立民

妈　　妈——杨慧敏饰

娇　　娇——闫莉莉饰

阿　　姨——袁丽娜饰

刘婕配音——杨智慧

时间：当代

地点：农村

人物：妈妈，三十多岁。

娇娇，十岁。

阿姨，三十多岁。

刘婕，十岁。（画外音）

[幕启。 欢快的河南坠子音乐声中，一个农家，桌上放着娇娇的课本、作业本和一个储钱罐。

娇　娇　（端汤圆上）

　　　　（唱）我的好妈妈，

　　　　　　　　过年回到家。

　　　　　　　　打工在外多么辛苦呀，

　　　　　　　　好妈妈你在家歇歇吧，

　　　　　　　　下好汤圆等着你，我的好妈妈！

　　　　　　　（白）妈，妈！（自语地）妈妈去哪儿啦?

妈　妈　（提方便面之类食品上）

　　　　（唱）车票拿在手，

　　　　　　　　到家发了愁。

　　　　　　　　好女儿还不知我明天走，

　　　　　　　　看她那个高兴劲儿，当妈的心里更内疚。

娇　娇　（高兴地）妈妈回来啦！

妈　妈　哎，回来了。（放食品）

娇　娇　（端起汤圆）妈，趁热，快吃！

妈　妈　（忙接）好闺女，你会下汤圆啦?

娇　娇　妈，俺还会下面条呢！

妈　妈　好闺女，

（背唱）热腾腾的汤圆端在手，

眼泪不敢对俺娇娇流。

她正是偎娘撒娇的好时候，

可这时候我咋还忍心往外走……

［娇娇正高兴地看妈妈买回的食品，忽见妈妈流泪，不知如何安慰妈妈。

娇　娇　　（唱）好妈妈，你别哭，

娇娇好好去读书。

等我长大能挣钱，

再让妈妈享享福。

（白）妈妈，我是你的小棉袄，多暖和呀！　妈，你别哭啦。

妈　妈　　妈妈不哭，妈妈不哭！　娇娇，这是妈给你买的方便食品，带到学校晚上饿了吃。

娇　娇　　妈妈，俺学校的饭菜可好了，连吃饭都有补助。　妈，你不去打工不中吗？

妈　妈　　傻闺女，你爸病了那么多年，欠人家的钱咱得还人家呀。

娇　娇　　那——咱啥时候能还完啊？

妈　妈　　现在呀，每天我能挣九十多块，人家还要给我涨工资呢！再过两年，咱就还完了。

娇　娇　　妈妈，等还完账，你就别外出打工了。

妈　妈　　妈妈在北京打工那个地方可好了，我盼望着我闺女也能走进那个门儿。

娇　娇　　那——啥地方啊？

妈　妈　　清华园，就是清华大学。

娇　娇　　清华大学！　妈妈你放心，我长大也上清华大学！

妈　妈　　好，好！

娇　娇　妈，你在那儿干啥呀？

妈　妈　我在一个教授家当保姆哩。（掏出手机）看，北京来电话
　　　　了。 喂，是刘婕啊，咋啦，咋啦？ 乖乖别哭。

刘　婕　（幕后声音）大妈，我想你了……

妈　妈　才离开我几天，就想我了？ 中，中，我明天就回去。

刘　婕　大妈，你可别跟我妈说我给你打电话了。

妈　妈　为啥？

刘　婕　妈妈不让，妈妈怕你牵挂我。

妈　妈　你妈不是要出国考察吗？

刘　婕　妈妈她明天就走，又不管我了。 大妈，你才是我的亲妈妈。
　　　　我想你了，你回来吧！

妈　妈　好闺女，别哭了，明天我一定回去！

娇　娇　妈，她是闺女，我就不是闺女啦？

妈　妈　（把娇娇拉在怀里）俺娇娇也是，俺娇娇也是。

娇　娇　妈妈，我求求你，等我开了学你再走，好吗？

妈　妈　好闺女，人家还在家等着我的呀！

娇　娇　妈，你一天不就是能挣九十块钱吗？（娇娇捧出储钱罐）

妈　妈　（不懂娇娇的意思）娇娇，你这是……？

娇　娇　（把储钱罐放桌上）妈，我这里有九十一块三毛钱，给你！
　　　　妈妈，求你再陪我一天吧！

妈　妈　（欲接难接地）

　　　　（唱）好闺女一句话戳得我心打战，

　　　　　　　妈妈我急着走不光是为了钱。

　　　　　　　既然我答应了就要去办，

　　　　　　　做事情讲诚信咱不能食言。

　　　　　　　你阿姨搞科研难把家照管，

　　　　　　　你姐姐一人在家多么孤单。

娇　娇　那——暑假里把姐姐接回来，俺一起玩儿，好吗？

妈　妈　中，中！

阿　姨　（上）请问这是娇娇的家吗？

妈　妈　是的，进来吧。

阿　姨　大姐！

妈　妈　好妹子，这大老远的，你咋来了？

阿　姨　没想到吧？　现在的交通可方便啦，车可以开到家门口。　这
　　　　就是娇娇吧？

妈　妈　娇娇，这就是我跟你讲的那个清华大学科学家阿姨。

娇　娇　阿姨您好！

阿　姨　好，好，娇娇长得多么可爱！

娇　娇　阿姨，俺妈明天就去哩。

阿　姨　不，咱今天就走。

娇　娇　今天就走？（生气地）咋？　咋又变成今天啦？

妈　妈　娇娇——听话！

娇　娇　妈妈，你还是跟阿姨一块儿走吧，我……我听话……我听
　　　　话……

阿　姨　这次呀，把娇娇也带到北京去，跟刘婕一起上学。

妈　妈　妹子，你工作那么忙，不要再为俺的事儿操心啦。

阿　姨　大姐，放心吧，入学手续我都办好了。

娇　娇　谢谢阿姨！

阿　姨　阿姨应该感谢你，感谢你妈，为我，为我的家，你们付出得
　　　　太多太多……

妈　妈　快别说外气话了。

阿　姨　那——收拾东西，咱们走吧！

娇　娇　（高兴地）哇！　同学们，我要到北京上学去了，再见啦！

合　唱　心换心，情换情，

城乡和谐大家庭！

城乡和谐大家庭！

——剧终

一个都不能少

本剧荣获周口市小戏小品大赛一等奖。

项城市豫剧团首演

谱　曲——刘坦

项小妹——杨金杰饰

任大妈——尹美娜饰

任孝华——张鹏飞饰

人物：

    项小妹，三十多岁，扶贫干部。

    任大妈，农村妇女，六十多岁。

    任孝华，任大妈的儿子，三十多岁。

项小妹　（上，唱）地里庄稼天上云，

　　　　　　　　送我来到孝廉村。

　　　　　　　　树绕农院院连路，

　　　　　　　　路绕绿水水生金。

　　　　　　　　四十年前这片土，

　　　　　　　　上哪儿去找那户人？

（接电话）喂，老爸，我已经来到我扶贫的地方了。就是找不到你当年插队的那个村子。好，好，你放心，我一定帮你找到那户人家。你看，刚才有个叫任孝华的村民找我看病，把一个装钱的红布袋忘我那儿了。他该着急了，我赶快给他送去。（下）

任孝华　（上，唱）三十来岁正年轻，

　　　　　　　　我也想外出去打工。

　　　　　　　　俺娘常年有着病，

　　　　　　　　无奈何只好守家中。

我也光想到外边走走，可俺娘有病，我不能把有病的娘撇在家里不管哪。去给俺娘拿药回来，又给俺娘买了两个肉夹馍，趁热赶快叫俺娘吃去。娘！娘！

任大妈　（边答应边上）哎！哎！去了大半天，累了吧？锅里还给你留着饭哩。

任孝华　娘，趁热先把这个吃了。

任大妈　啥？

任孝华　肉夹馍。

任大妈　（边吃边看）明明是馍夹肉，硬说是肉夹馍，尽瞎说。　还怪好吃哩！　多少钱一个？

任孝华　十块。

任大妈　多少？

任孝华　十块。

任大妈　十块？　你给我退了去！

任孝华　娘，你已经咬了一口了，咋退呀。

任大妈　孩子，不是娘心疼两个肉夹馍，娘是想省点钱好给你寻个媳妇呀。

任孝华　娘，不把你的病治好，我就不结婚。

任大妈　（唱）乖孩子一句话我心如刀割，

　　　　　　一辈子不信命命咋恁薄？

　　　　　　俺农民一年四季热热冷冷汗水流过，

　　　　　　春天种秋天收地里干活儿。

　　　　　　不找事不好事不招灾惹祸，

　　　　　　不争名不争利不争吃喝。

　　　　　　习主席才叫俺的日子好过，

　　　　　　哪料想一场灾难又往俺头上落。

　　　　　　你爹他得个绝症床上躺着，

　　　　　　钱花光罪受够人也没治活。

　　　　　　我让你外出打工你挂心我，

　　　　　　娘儿俩相依为命守着穷窝。

　　　　　　至如今你还是单身一个，

　　　　　　愁得我白天泪腌心，夜里睡不着。

　　　　　　　我日日夜夜受折磨，何时能解脱？

　　　　　　　我孝顺的孩子啊！

任孝华　　娘，我寻不着媳妇，也不能怨你呀。

任大妈　　娘心里清楚，咱穷，咱没钱，我又经常有病。

任孝华　　娘，咱村里来了个扶贫干部，又是个医生，我把你的病跟她
　　　　　一学，她说她一定能把你的病治好。

任大妈　　不管哪来的扶贫干部，能让你寻上媳妇，就是对咱最大的扶
　　　　　贫。

任孝华　　我今天找她给你拿药的时候，她说还要亲自来咱家给你号脉
　　　　　哩。

任大妈　　这几天你没去干活儿，你哪儿弄的钱买药啊？

任孝华　　娘，昨天，我给你铺床的时候，在你枕头底下有个红布袋，
　　　　　我打开一看，里面装的是钱……

任大妈　　你把那钱给花啦？

任孝华　　没有，拿药，人家没要钱。

任大妈　　那个红布袋哩？

任孝华　　那个红布袋？（想）那个红布袋？　我把它忘到医生桌子上
　　　　　了。

任大妈　　（抄起一个棍，追打任孝华）你个小赖种，你是嫌我死得慢
　　　　　啊！

任孝华　　娘，你别气，我去把它找回来！（欲下）

任大妈　　快去快去！

项小妹　　（迎上）不用去了，我把它——给你送回了。

任孝华　　娘，红布袋人家送回来了。　娘，她就是——

任大妈　　你是……？

项小妹　　我是医生，是来咱村扶贫的。

任大妈　　（接过，掏出东西）这钱、东西，都不少。

项小妹　大妈，看来这红布袋，真比你的命还要金贵啊。

任大妈　是啊，这里头有他爹的党费证。　他爹临死的时候安排我：我人死了，可我还是共产党员。　你活着，再穷，你也替我把党费交上，没人收你就放在这小红布袋存着。　他拉着我的手对我说：我心里有愧啊，十八岁入党，当了几十年的大队干部，也没能让父老乡亲过上好日子，我对不起党啊！　我给咱孩子起名叫孝华，是叫他长大以后要孝顺中华！

项小妹　孝华兄弟，大伯更是咱小一辈学习的榜样，始终不忘自己是一名共产党员，忠心耿耿为父老乡亲们服务一辈子。

任大妈　是啊闺女，你看，你大伯把党费证放得多么好啊！

项小妹　（接过看）任敦敏？　任敦敏！　这就是我爸让我找的那位大伯！

任大妈　你爸……？

项小妹　俺爸叫项国强。

任大妈　你爸叫项国强？

项小妹　是啊，俺爸叫项国强。

任大妈　你是——项国强的闺女？

项小妹　（点头示意）是啊。

任大妈　（抱住项小妹）四十多年了，我可见到你们了！

项小妹　大妈，我也实现了我爸的心愿，找到您了。

　　　　（唱）四十年我爸他经常念叨您，

　　　　　　　住您家如同您家一口人。

　　　　　　　那时候爸得急病几乎命殒，

　　　　　　　床上屙床上尿您操碎了心。

　　　　　　　我爸说再生之恩永难忘，

　　　　　　　论情义还是农民情义真。

　　　　　　　世世代代辛勤耕作老实本分，

春天种秋天收养活天下人。

喊你们衣食父母名正言顺，

口中饭身上衣天地知恩。

任大妈　闺女，你真仿你爸，没忘了俺乡下人。

项小妹　大妈，我这次来到咱村就是扶贫的，你的病我一定会给你治好！来时我爸安排我，找到这个村，他准备带个项目来扶贫哩。

任大妈　那太好了！

任孝华　欢迎欢迎！

项小妹　孝华，我想让你跟着扶贫车间的赵秀娟学习葡萄种植去，你看中不中？我想给恁俩牵个线——

任大妈　你说的就是那个寡妇？还带个三岁半的妞。

任孝华　寡妇咋啦？那小妞嘴可甜啦，见我就喊叔叔，喊得我心里甜丝丝的。

任大妈　好，好，只要你愿意，你就去吧。

项小妹　大妈，您家已经纳入了危房改造之中，等新房盖好，你就能使上媳妇了。

任大妈　赶快扒了旧房盖新房，省得给咱孝廉村丢人。

项小妹　大妈，咱们村已成为新时代振兴乡村传习教育基地，让来孝廉村参观的人明白一个道理：要想脱贫致富，建设美丽乡村，就要一心一意跟党走，撸起袖子加油干！

任大妈、任孝华　对！咱要一心一意跟党走，撸起袖子加油干！

（独唱、轮唱、合唱）

党中央对咱农民最关心，

咱更要跟党一条心。

小康路上不能落下一个村镇，

真脱贫不能少一户人。

美丽乡村山美水美人更美，

中国梦咱大家的梦梦想成真。

不忘初心跟着党砥砺前进，

做一个新时代的新农民！

——剧终

戏剧小品

我是贫困户

时间：扶贫时期

地点：某乡村

人物：贾玲美，女，三十五岁，县派驻村干部。

豆好乾，男，六十岁，村民，贾玲美的姑父。

香兰婶，女，四十余岁，村民。

贾巧姑，女，六十余岁，贾玲美的姑。

贾玲美　（上，唱）左两张来右两张，

都围着贫困做文章。

虽说都是申请书，

申请内容不一样。

这一个要求脱掉贫困户，

这一个要把贫困户来当。

走家串户暗查访，

定有原因里边藏。

扶贫扶心扶思想，

不怕事多腿脚忙。

豆好乾　（上）玲美，村南我撵你到村北，可撵上你啦，给！

贾玲美　啥？

豆好乾　申请书。

贾玲美　你不是已经递上来两张了吗？

豆好乾　一会儿你说理由不充分，一会儿你说事实不清楚，这是我的
　　　　第三份申请书。

贾玲美　（接看）这一次理由——

豆好乾　你仔细看看，这一次理由可充分了！

贾玲美　（看，发笑）你先读给大家听听。

豆好乾　（唱）政府号召咱发家，

　　　　　　　我想着点子挣钱花。

　　　　　　　从水寨雇了一只船，

　　　　　　　河道里我偷偷去挖沙。

　　　　　　　谁知钱还没挣到手，

　　　　　　　一家伙罚我八千八！

贾玲美　　（唱）泥河是咱镇的母亲河，

　　　　　　　人人都要爱护她。

　　　　　　　你挖得河道有坑洼，

　　　　　　　你挖得坡陡河堤塌。

　　　　　　　破坏生态你违着法，

　　　　　　　该不该罚你问大家！

豆好乾　　（唱）虽说我挖沙违着法，

　　　　　　　罚款罚得我不得法。

　　　　　　　心疼得我脚麻手斜杀，

　　　　　　　睡不着光想去自杀。

　　　　　　　如今我又成贫困户，

　　　　（白）我是你姑父，你是俺老婆娘家侄女，又是下乡扶贫的
干部哩。

　　　　（接唱）扶贫款也得叫我花！

贾玲美　　姑父——！

豆好乾　　（唱）你姑父今天求你啦，

　　　　　　　这事儿可是你当家！

贾玲美　　（唱）扶贫一定要扶真贫，

　　　　　　　弄虚作假尽白搭。

　　　　　　　莫用渔网兜猪娃，

　　　　　　　省得丢人露蹄爪。

豆好乾　　玲美，我可是你亲溜溜的亲姑父呀！

贾玲美　你假冒，我还不愿意哩。

豆好乾　对着大家的面，你跟你亲姑父就该说这样的话？ 撇开这层亲戚不讲，你是驻村扶贫干部哩，你不是辱没俺贫困户吗？ 你跟大家说说，我咋露蹄爪啦？

贾玲美　姑父不是假冒的，你这贫困户可是假冒的。 豆好乾，我的姑父，

　　　　（唱）村坑塘你承包这些年，

　　　　　　　养甲鱼你没少赚大钱。

　　　　　　　人心里都有个小算盘，

　　　　　　　不憨不傻你把谁瞒。

豆好乾　（唱）去年发水把堤漫，

　　　　　　　冲坏了围网和栅栏。

　　　　　　　我干拍屁股干瞪眼，

　　　　　　　一坑王八都爬走完。

贾玲美　（唱）你借着暴雨把乡亲骗，

　　　　　　　半夜里运甲鱼到汝南。

　　　　　　　县里你去要保险款，

　　　　　　　承包费还给你免一年。

　　　　　　　姑父啊，

　　　　　　　看看真正的贫困户，

　　　　　　　好处你不能都占完。

豆好乾　（唱）哎，你来俺村才半年，

　　　　　　　这些事你咋摸恁全？

　　　　　　　常言讲家丑莫对外人讲，

　　　　　　　是恁姑她跟你……？

贾玲美　（唱）对，正是俺姑跟我谈。

豆好乾　好啊，俺结婚整整三十春，一个床也没拴住她的心。 她还是

跟你这个娘家侄女亲！

贾玲美　俺姑咋啦？还对不住你？模范共产党员！优秀乡村干部！

豆好乾　是啊，村里她当妇女头，不顾家里忙外头，计划生育她带头，只生了一个小丫头，叫我成了个绝户头。

贾玲美　现在政府已经放开二孩了。

豆好乾　放开二孩有啥用，我也无能为力了，你姑也到更年期了。

贾巧姑　（上）你也学你兄弟，找个小三儿，再给你生五男二女的。

豆好乾　你……你咋来了？

贾巧姑　来看看你给咱侄女出的啥难题，满脑歪点子你又想翻啥花？

豆好乾　侄女仿姑，和你一样坚持原则认真理儿，我想翻花弄个贫困户，可开不动后门儿。

贾巧姑　你开不动后门，我可开动了。（向内）她香兰婶子，把你的申请书拿过来！

香兰婶　（内喊）嫂子，你过来帮我拿一下。

贾巧姑　太沉，先放那儿，你过来吧！

香兰婶　（上）玲美，这是我写的第三份申请书，托着你姑，你就帮帮这个忙吧！

贾巧姑　人家还带着礼哩。

豆好乾　好呀，你们一个是模范党员，一个是扶贫干部，说的是冠冕堂皇话，干的是违法违纪事儿。兴恁不讲亲情，就兴我六亲不认，我到县里告恁去！

香兰婶　别别别……

贾巧姑　别拉他，让他告去！管叫你碰一鼻子灰！

贾玲美　姑父，你看看香兰婶的申请书吧。

豆好乾　（接看）申请摘掉贫困户？

香兰婶　是啊，我已经是第三次写申请了。

贾玲美　香兰婶，

（唱）你家贫困不一般，

我总为你把心担。

儿子上学正花钱，

婆母有病床上瘫。

里里外外你一人干，

现在摘帽不客观。

香兰婶　　好侄女，

（唱）你到俺村来扶贫，

家家把你当亲人。

走村串户摸得准，

扶了志气扶了心。

帮助瞎爷搞编织，

又帮助兰英养家禽。

俺儿子毕业去了深圳，

月月都是拿高薪。

这个存折交给你，

看看俺还贫不贫。

脱贫俺不会忘记您，

更不能忘党的恩。

贾巧姑　　你那两只耳朵塞驴毛啦？　你也听听人家香兰咋说的。　丈夫死了以后，千辛万苦把孩子拉扯大，又考上了大学。　始终不忘乡亲们对她的帮助，始终不忘党对她的关怀，再苦再累，自己咬着牙克服，不给党找麻烦，不给政府找麻烦。　别看人家不是党员，她比有些党员还党员呢！

（唱）跟你结婚三十年，

肠肠肚肚我知道完。

丢个芝麻你捡个豆，

丢个土坯你搬块砖。

咱闺女不敢在人前站，

都说她爸你心太贪！

想一想，改革开放这么多年，

咱是缺吃是缺钱?

今后你要再这样，

（白）我跟闺女商量好了——

豆好乾　咋? 商量好又能咋着我?

贾巧姑　（唱）把你投到河里喂那大老鼋!

豆好乾　你说得再好，她弄两箱子东西送礼，也是腐败!

贾玲美　你说的是那两箱子礼? 姑父，那两箱子是我表妹与香兰婶家的大学生，两个人为咱村农家书屋共同捐献的图书。

豆好乾　他俩现在在一起啦?

贾玲美　（拿出手机）你看他们的合影照，两个孩子现在都在深圳。

贾巧姑　当老哩别再糊涂了，你想靠闺女发一笔大财，也破灭了吧?

豆好乾　我……

贾巧姑　你嘴像戴个笼头，说话呀!

贾玲美　我姑父已经明白了，亲帮亲，邻帮邻，习主席关心咱农民。

富日子是靠撸起袖子加油奋斗得来的!

合　唱　精准扶贫扶真贫，

扶贫不能惯懒人。

脱贫一定要靠自身，

立志奋斗才能脱贫。

——剧终

守住这个家

本剧荣获 2010 年河南省小戏小品大赛金奖。

项城市豫剧团首演

谱　曲——刘坦

新　城——陈亮饰

爱　香——杨金杰饰

小　香——罗盼饰

时间：当代

地点：农村

人物：新城，四十多岁，农民。

爱香，三十多岁，新城妻。

小香，十多岁，新城女儿。

[农家小院。

爱　香　（上，唱）我越思越想越气恼，

香她爸竟敢跟我耍花招。

在深圳当技工有啥不好，

回到村非要把荒坡承包！

这几天不进家南了北了地跑，

何况你感冒没好还发着烧。

在外头怕人笑话没跟他吵，

回到家我不能把他饶。

我拿上擀杖拿上刀，

拿上勺子拿上瓢。

掫上一瓢精白粉，

精白粉里把水浇。

擀面杖擀它个溜溜圆，

切菜刀切它个水上漂。

锅里的鸡汤噗嗒嗒地滚，

香她爸，最爱吃，老母鸡汤里下面条——

嗨，气归气，恼归恼，

疼男人不用学来不用教。

[进屋欲去做饭，内：请问这是韩新城的家吗？

爱　香　是呀，有事儿吗?

　　　　　〔内:有他的快件。

爱　香　快件? 来了来了。(入内，拿快件复上)怎看看，深圳又来信催他了。 过了年，他忽悠我，说被人家辞退了。 我想，俺爹在医院里打着吊针，回来尽尽孝也好，不想，他竟不跟我商量把村北那一百多亩满是水坑烂泥的地承包了。 更让我气恼的是还要把多年积攒的八十多万块钱投资进去，把村上的老弱病残都组织起来，要建什么扶贫车间。 成了怪好，要是不成，多年的心血不打水漂了? (掏出银行卡)我在银行加了密，他取不走了! (欲进屋又回)过去不想让他走，是怕他挣俩钱心长外边了，今儿个呀，说啥我也要撵他走!
(进屋择菜)

小　香　(背书包高兴地上)

　　　　(唱)同学讲，老师夸，

　　　　　　　　有个喜讯告诉妈，

　　　　　　　　爸爸他回来不走啦!

　　　　(白)妈妈要是知道了呀——

　　　　(接唱)一准乐得心开花!

小　香　(进院)妈妈!

爱　香　死妮子，吓我一跳!

小　香　(发现妈妈不高兴)看你脸上彤云密布的，谁惹你生气了? 敢情不是我吧?

爱　香　俺闺女学习好，又听话，我咋会生你的气?

小　香　不会是俺爸吧?

爱　香　不是他还会有谁?

小　香　妈，别气了，给你报告个好消息。

爱　香　啥好消息?

小　香　你听了呀，保准叫你多云转晴天！　你附耳过来——

爱　香　还给妈妈卖关子啦。

小　香　俺爸呀，不去深圳了。

爱　香　我正是为这事儿生他的气呢！

小　香　妈，你不是不让俺爸外出打工吗？　咋又生俺爸的气了？

爱　香　你不知道，现在恁爸在深圳一家工厂里可吃香了。

小　香　俺爸？　不就是个服装厂的技术工嘛！

爱　香　香香，别看不起你爸这个技术工。

　　　　（唱）你爸他深圳打拼十几年，

　　　　　　　拜师学艺不偷闲。

　　　　　　　经常掰着书本看，

　　　　　　　精益求精苦钻研。

　　　　　　　如今成了香饽饽——

小　香　香饽饽？

爱　香　是啊，你看，深圳那边又来信催他去哩，把住房都给咱准备好了。

　　　　（接唱）还能把咱的户口迁，

　　　　　　　　月薪能拿一万元！

小　香　哇！　伟大的父亲！　妈，你得犒劳犒劳俺爸。

爱　香　有病不休息，我正准备制裁他呢。

小　香　妈，你……你咋个制裁法儿？

爱　香　（拿出一只褪好毛的鸡）你看，就用这。

小　香　啊，就用这？　我赞成！　我拥护！　我帮你……

爱　香　香香，你爸是个撞上南墙不回头的货，咱俩得建立统一战线。

小　香　咋个统一法？

爱　香　你爸最疼你，你就打感情牌！（张望）你爸回来了，你写你

的作业，我去做饭。（下）

小　香　好咧！（写作业）

新　城　（上，唱）过去为穷去打工，

　　　　　　　　　　如今我又回家中。

　　　　　　　　　　投资办厂我主意定，

　　　　　　　　　　扶贫车间正开工。

　　　　　　　　　　振兴乡村不能等，

　　　　　　　　　　一夜加班到天明。

　　　　　　　　　　急用钱我却取不动，

　　　　　　　　　　一定是香她妈又把点子生。

　　　　　　　　　　回到家好言好语把她哄，

　　　　　　　　　　当男人软硬刁憨都要通。

　　　　　　（进门）香香！

小　香　（喜悦地）爸！

新　城　好闺女，恁学校开家长会我没去参加，你不埋怨爸爸？

小　香　俺校长在会上还夸你要带领全村致富哩！（拿毛巾为父亲擦汗）爸，给你报告个好消息。

新　城　啥好消息呀？

小　香　不跟你说了。

新　城　你看这闺女，——你妈呢？

小　香　（拉爸）妈妈给你做鸡汤面条哩。

新　城　（学香香）哇塞！（欲抱抱香香，又放下）

小　香　（感觉到爸爸背后的疼痛，忙去掀起衣服看）爸爸，你这是咋啦？

新　城　嘘！别让你妈听见了。

小　香　你干活儿又干了一夜？爸，你还发着烧呀！

　　　　（唱）怪不得妈妈常把你挂心，

一天到晚汗淋淋。

看见你身上斑斑痕，

叫女儿我怎不疼在心。

新　城　（唱）好女儿上学求上进，

我干活儿也讲个精气神。

爸爸身上斑斑痕，

如同你写了一篇好作文。

爱　香　（上）恁爷儿俩别作文章了，洗手吃饭！

爱　香　我给你说个事儿。

新　城　啥事儿？

爱　香　（把快件递给丈夫）深圳那边又来信催你了，人家答复的条件多好啊，这一次你一定得走。我的话你可以不听，你不能让咱香香失望了。

小　香　爸，咱村里丽娜一家搬到北京了，小梅一家也上郑州了，咱也走吧，这是多好的机会呀。爸，我求求你了。

新　城　香香，你过去不是不想让爸爸外出打工吗？每次我走，你都哭得像个泪人儿一样。

小　香　那时候，看到人家有爸妈守在身边，看到妈妈一个人在家干活儿那么累，就不想让你走。妈对我说：闺女，咱穷啊，盖房、瞧病、你上学……都需要钱呀，让你爸走吧。你走了，我想你，俺妈也想你，几次半夜里我睁眼看看俺妈，俺妈正哭哩！

爱　香　那时候忍痛割爱让你出外打工，不就是为了走出这个穷窝吗？

新　城　我到深圳，毕竟是中国改革开放的前沿城市，人家容纳了我一个农民工，让我学到了本事，也挣到了钱。

爱　香　是啊，咱也为村上做了不少贡献，修路、盖学校、建敬老

守住这个家 ｜ 221

院，咱拿出去好几十万。

小　香　俺爷有病，俺妈都不让告诉你，怕你在外边挂念。

新　城　对你爷你奶，我不孝顺呀，只顾在外挣钱哩，忘了家中还有活着的老人哩。

爱　香　咱爸在医院，你不是一直守在他身边吗？

新　城　爹娘对儿女十成，我回报的还不到三成啊。

小　香　爷爷还说你是个孝子哩。

新　城　你还记得你爷临断气的时候说的话吗？

小　香　记得，记得，我当然记得。爷爷说，外国再好，不是中国；外地再好，不是咱何家洼。

新　城　你爷爷说得对啊，外国再好，不是中国；外地再好，不是咱何家洼。闺女，有你爷爷这番话，我能再走吗？

（唱）你爷他留话不多味深厚，

一字字重千斤砸我心头。

他说道，生在这块土，

要当耕地牛。

咱是项城人，

汗要往这里流。

这片土咱生生死死要守住，

可不能给咱祖宗把脸丢。

亲帮亲邻帮邻共同致富，

何家洼不达小康决不罢休！

乡村振兴是咱农民最大的幸福，多好的机会啊，咱要抓住不放。我要用我的行动带动更多的人回来创业，决心要把何家洼建设成人人都不想离开的美好家园，热爱自己的家乡！

小　香　爸爸，我懂得这个理：有国才有家，爱国要爱家。

新　城　香她妈，咱闺女讲得多好啊，有国才有家，爱国要爱家，不

　　　　　　管别人咋样，咱得守住这个家啊!

小　香　　爸，回乡创业，我支持你!

爱　香　　（掏出银行卡）给，还有这张卡，是给咱香香攒的上大学的
　　　　　钱，全给你，好好把厂办起来。 咱哪儿也不去了，守住这个
　　　　　家!

新　城　　（高兴地）吃饭!

爱　香　　香香，拿酒，让你爸喝两杯!

小　香　　中!

合　唱　　有国才有家，

　　　　　爱国要爱家。

　　　　　乡村振兴国昌盛，

　　　　　咱要守住这个家!

　　　　　（三人在合唱中举杯）

——剧终

本剧荣获全国 2005 年小戏小品大赛银奖。 2021 年庆祝中国共产党成立一百周年演出时做了适当修改。

项城市豫剧团首演

谱　曲——刘坦

高　山——高峰饰

山　花——赵玉环饰

人物：高山

　　　山花

[一个农家院的门里门外。

山　花　（上，唱）农家院过上了好光景，

　　　　　　　　好日子却又把气生。

　　　　　　　　孩他爹放着钞票不去挣，

　　　　　　　　一心要把村官争！

恁说说我咋会不生气哩，他在北京包了个绿化工程，刚签了合同，他非回来竞选村官不中。这个村官算个啥官？官小操心不小，钱少管事不少，整天价东家登门西家找，劳神费力不落好。说一百个不重样，我也不同意。我软一套，硬一套，又是哭，又是闹，他躺在沙发上睡闷觉。孩子早起上学走，想可怜可怜他哩，开门一看，走啦。好，你走你走。要是走高速，也该到京了。他生我的气，我还心疼他哩，打个电话。哟，手机忘枕头底下了。（下）

高　山　（上，唱）领导他一番话我心潮难平静，

　　　　　　　　更难舍父老乡亲一片热情。

　　　　　　　　面对党旗重宣誓我做了保证，

　　　　　　　　领大家奔小康担子再重我担承！

（欲敲门，又止）

（手机响，惊）山花的电话。（接）喂，（惊、思、豪气地）哪位？

[山花拿手机上。

山　花　听不出是我呀，装蒜！

高　山　哦，是我的一把手啊！ 刚走一夜，又想我啦？

山　花　废话，不想你我还去想人家呀。 我问你，你现在在哪儿？

高　山　我在大门……

山　花　大门？

高　山　（忙改口）对，那不念大，念天，我在天安门前……广场哩。

山　花　你给我绕口令咋的？ 你到北京我就放心了。

高　山　你放心可我还挂着心哩。 别忘了，今天可不是个普通日子！

山　花　今天？ 亏你提醒我，今天是咱结婚纪念日，我说老公呀，你说咱该咋纪念纪念呀？

高　山　来，把脸伸过来，我送你一个吻。（连吻不止）

山　花　（似感觉到，甜美地）我不。 结婚那天，你吻得我的脸疼两天，好疼好疼哦，我不上你的当了！

高　山　好，好，那就先放着吧。 山花，你再想想，今天还是一个什么日子呀？

山　花　今天——哦，对了，今天是咱村选举领导班子的日子。

高　山　对！

山　花　你呀，就别瞎操这个心了，在北京好好忙你的工程。 该画圈的画圈，该丢豆的丢豆，我替你承包了。

高　山　啥？ 你替我承包了？ 可我还有个权，你替我承包不了啊！

山　花　还有个啥权？

高　山　被选举权！

山　花　你的官瘾还没下去呀？ 跟你说吧，选举会马上就要开始了。 高山，我给你说，你就是坐火箭也来不及了。

高　山　（悄悄进门，猛抱山花）我的好妻呀！

山　花　（惊）你没去北京？

高　山　山花！你听我给你说——

山　花　我不听你说！

山　花　（推高山出）你赶快给我走！

高　山　（讨好地）高强他妈——

山　花　别理我！

高　山　山花！

山　花　讨厌！

高　山　亲爱的。

山　花　恶心！

高　山　（唱）我的好妻啊，我求你将我体谅，

山　花　（唱）不听你在我面前打官腔。

高　山　（唱）打开门进院内有话好讲，

山　花　（唱）你想东我想西咱没啥好商量。

高　山　（唱）你和我两把钥匙同一把锁，

山　花　（唱）一把锁锁不住咱夫妻情长。

高　山　（唱）我要进，（推门）

山　花　（唱）我不让。（扛门）

高　山　（唱）给我开，

山　花　（唱）你休想，

高　山　（唱）我用力推，

山　花　（唱）我使劲扛！

高山、山花　（唱）推推扛扛，扛扛推推……

　　　　　　［两人倚门而坐。

二人同唱　唉，累坐在门旁！

　　　　　　［二人各自喘气、抽泣。

高　山　花，你哭啥哩？

山　花　山，你哭啥哩？

　　　　　〔两人猛地站起。

高　山　（唱）十几年咱恩恩爱爱心往一处想，

山　花　（唱）不由我越思越想越心伤。

高　山　（唱）咱两个为何想得不一样？

山　花　（唱）我门里你门外心中如同垒道墙。

　　　　　〔二人倚门坐下，想着想着，各自发笑。

高　山　花，你笑个啥？

山　花　山，你笑个啥？

　　　　　〔二人慢慢站起。

高　山　（唱）我可笑十几年前的镜头今日又重放，

　　　　　　　咱也是一个门里一个门外诉衷肠。

山　花　（唱）俺爹他嫌你穷不让你把门上，

　　　　　　　山花我一心要嫁你这个转业郎，

　　　　　　　我没穿嫁衣，你没盖新房。

高山、山花　（唱）我的好妻（老公）呀，结成一对好鸳鸯。

　　　　　〔二人倚门而坐。

山　花　结婚后，为了摆脱贫穷，我把嫁妆、首饰全都卖了，给你做
　　　　抵押金，出外揽活儿。

高　山　我一个人在北京，举目无亲，求助无门，饿了啃口干馍，渴
　　　　了喝口自来水。北京的车站，哪一个我没住过？

山　花　我一人在家，里里外外，跑前跑后，天明忙到天黑，不知作
　　　　了多少难。

高　山　几年的苦咱可没白受，咱家终于填饱了肚子，挣到了票子，
　　　　甩掉了穷字。

山　花　可刚过上几天好日子，你就不是你了！

高　山　我不就是想叫家乡变变样？

山　花　那能是吹糖人的呀？　就恁容易呀？

高　山　可乡亲们……

山　花　乡亲们，乡亲们——

　　　　（唱）乡亲们脱贫致富我咋不想，

　　　　　　　做个梦都盼望有个领头羊。

　　　　　　　不论是大学生，还是什么长，

　　　　　　　您若愿意来俺高家庄，

　　　　　　　我情愿一天三顿侍奉您端茶又送汤。

　　　　　　　我的老公呀，你也该想一想，

　　　　　　　当干部哪个不想干出个好名堂！

　　　　　　　你不是齐天大圣神通广，

　　　　　　　吹根毫毛变富强。

　　　　　　　北京的工程怎能丢，

　　　　　　　挣钱是咱的大方向。

　　　　　　　你要是一头撞到南墙上，

　　　　　　　我和小强走他乡，

　　　　　　　撂下你一人在家把官当。

高　山　山花，如今改革开放四十年了，党和政府对咱农村、对咱农
　　　　民多关怀啊，又给咱派来了驻村第一书记。我是个党员，我
　　　　的好山花——

　　　　（唱）当党员就要把群众记心上，

　　　　　　　高家庄草草木木都扯肚挂肠。

　　　　　　　这片土虽穷啊，它毕竟把我养。

　　　　　　　见了它我就想大哭一场，

　　　　　　　村里的路坑坑洼洼翻着泥浆。

　　　　　　　二狗爹还住着多年的破草房，

　　　　　　　葵花嫂丧了夫孩子没钱把学上，

　　　　　　跃进叔多年有病你也没少帮忙。

　　　　　　全村人谁个不把你夸奖，

　　　　　　都说我高山有福气娶了一个好婆娘。

　　　　　　好夫妻更应该心往一处想，

　　　　　　带领乡亲加油干同奔小康。

高　山　我常想，人家山花，死活要嫁给我这个穷小子，图个啥？

山　花　（端饮料递高山）给！

高　山　（喝了一口）谢谢你！　看我，是个退伍军人，是个共产党员，也是个有出息的人！

山　花　也算我山花没看错人，没白寻你。　那北京的工程……？

高　山　北京的工程我已经签订了 5000 万元的绿化工程合同。　利用我在北京学到的经验，要把咱庄建成一个绿色蔬菜基地和花草种植基地，老有老的活儿，少有少的活儿，我就不信咱高家庄到 2020 年富不起来！　党中央、习总书记已经提出到2020 年全国农村要摘掉贫困帽子，我更有信心了！

山　花　你有这个计划，为啥不早给我说？

高　山　现在，你就把我堵在大门外了。　早说呀，你还把我堵在村外呢！

　　　　　〔山花忙去开门，高山不防欲倒，二人互相扶抱。

高　山　你——（欲吻）

山　花　大白天就不怕人看见了？

高　山　这叫抓住机遇，利用资源。

　　　　　〔幕后喇叭声：各位村民，现在清点人数，选举马上开始！

高　山　夫人，你这一票？

山　花　你呀，明知故问！　走，开会去！

　　　　　〔高山欲吻山花。　山花伴打。　二人嬉笑着下。

　　　　　　　　　　　　　　　　　　　　　　　　　　　——剧终

此剧与王子群合作。 王子群，河南省作家协会会员。 已出版
《临时夫妻》《门》《乡村守望的女人》《舞春风》等四部长篇小说。

把娘还给爹

本剧荣获周口市小戏小品大赛一等奖。

项城市豫剧团首演

谱　曲——刘坦

大　夯——谷文学饰

大夯妻——魏星星饰

美　兰——朱白允饰

苏　娜——韩方圆饰

人物： 大夯，男，六十多岁，农民。

大夯妻，女，六十多岁。

美兰，女，三十多岁，某机关干部，大夯的大儿媳。

苏娜，女，二十多岁，在外做生意，大夯的二儿媳。

［大幕在充满农村风情的音乐元素中拉开。　虚拟的农家小院。

大　夯　（一手拿牛奶，一手拿根火腿肠，边吃边喝上）

　　　　（唱）特仑苏，火腿肠，

　　　　　　　都不如手擀面条吃着香。

　　　　　　　大夯他娘，半年没吃过你擀的芝麻叶面条了，

　　　　　　　难道说进城你就把我忘？

　　　　　　　丢下我，六十岁的老头子，

　　　　　　　一人在家守空房。

　　　　［内：大夯哥，嫂子进城哄孙子还没回来？

大　夯　没回来。

　　　　［内：又想俺嫂子了吧？

大　夯　咋会不想她。　想她，有啥法儿哩！　两个媳妇，一个在洛
　　　　阳，一个在开封，今儿上她家，明儿上她家，就是不回这个
　　　　老家，嘻！

　　　　（唱）晚上有月亮，白天有太阳，

　　　　　　　太阳明，月亮亮，

　　　　　　　大夯他娘，都不如你啊——

　　　　　　　管给我一个床上拉家常。

　　　　（取酒喝醉趴桌上）

　　　　［美兰拿东西扶婆母上。

大夯妻　我不是坐小轿车的命，头晕得我迷迷瞪瞪的，这是到哪儿啦？

美　兰　妈，这是到咱新桥集了。

大夯妻　你不是说俺孙女想我了，接我去你家吗？咋把我送老家来了？

美　兰　（唱）爸爸一人在乡下，

　　　　　　　叫俺心里总牵挂。

　　　　　　　借故把你接回家，

　　　　　　　和俺爸好好说说话。

大夯妻　老二家知道了会不生你的气？

美　兰　娘，你只管在家陪俺爸多住几天，苏娜也是明理人，我给她打个电话解释解释。

大夯妻　（接过东西）恁工作忙，快回去吧！路上人多，开慢点。

美　兰　中，停一天我回来看您。（下）

大夯妻　（唱）好儿媳，明大理，

　　　　　　　事事想到俺心窝里。

　　　　　　　急急忙忙回家去，

　　　　　　　挂念那个老东西。

　　　　　　　你看看，院子乱得难下脚，

　　　　　　　敞着大门弄啥哩？

　　　　　　　这个货，一人在家喝闷酒，

　　　　　　　叫人担心又着急。

　　　　　　（白）他爹，他爹！

大　夯　（在梦呓中）二妹，二妹，你咋还不回来呀？

大夯妻　这个货，一喝多酒就喊我的小名儿。大夯，大夯，我回来啦。看你又喝成这个样！（忙拿出矿泉水）快喝口水。

大　夯　（醒）你……你是二妹？

大夯妻　我是二妹。

大　夯　二妹……（一副可爱的醉态，依偎在妻身上，唱起怀旧的歌）九九那个艳阳天来哎嗨哟——

大夯妻　（接唱）十八岁的哥哥坐在小河边……

大　夯　咱就是看着这部电影好上的。

大夯妻　转眼几十年，咱都老了。

大　夯　老来伴，老来伴，需要你的时候你也不伴我了。

大夯妻　不都是为了咱的儿孙。

大　夯　为了儿孙，进了城就把我忘了！

大夯妻　还是咱大儿媳妇懂事儿，硬把我从老二家接来，说让我回来陪你多住几天。

大　夯　那老二家弄啥都强悍，叫她请保姆去。

大夯妻　你能不知道，因为请保姆老二家两口没少争吵，找个年轻的，怕咱孩儿跟人家相好；找个年龄大的，嫌人家腌腌臜臜像个祥林嫂。　说还是我当娘的跟着最好，钥匙交给我放心，疼孙子疼得火烧火燎。

大　夯　别说了，越说我越气！

大夯妻　看你，气啥哩。

大　夯　我咋会不气！

　　　　（唱）咱把他生来把他养，

　　　　　　　任咋苦送他们念书进学堂。

　　　　　　　没想到翅膀硬了都飞走，

　　　　　　　如今他们又霸占住娘。

大夯妻　（唱）盼儿成人盼儿长，

　　　　　　　盼望着个个比咱强。

　　　　　　　儿有出息咱欢畅，

　　　　　　　忙点累点又何妨?

现在的规矩都一样，

都是爷奶为孙忙。

大　夯　这一回你就多住几天。

大夯妻　就怕老二家那个脾气……

大　夯　你看你，一提老二家害怕的，她脾气再赖，能吃了你？！

大夯妻　你……你那脾气，（关门）又火个啥？

大　夯　我咋会不火？孩子不懂事，你也不懂事儿？

大夯妻　你让大家说说，我咋不懂事啦？

大　夯　你懂个屁事！屁股还没挨床哩就想走！

大夯妻　哟，越说你越动火，一辈子没有打过我，你今儿个想咋着？

大　夯　我今儿个想尝尝打老婆的滋味儿。

大夯妻　（用头去抵大夯）你打吧！你打吧！

大　夯　（蹲在地上）我日日夜夜想着你，念着你，可你一进家就用
头抵我！

〔大夯妻委屈地哭泣，大夯佯装地哎哟。

苏　娜　（推门）爸，开门！

〔二人忽听门外有响动。

大　夯　谁呀？

苏　娜　我，苏娜。

大夯妻　老二家回来啦……（大夯忙捂她的嘴搀扶她躲下）

大　夯　（开门）啊，苏娜回来啦，大老远地……有啥事？

苏　娜　俺妈她没回来？

大　夯　恁妈？不是一直在你那儿吗？

苏　娜　今儿一早俺嫂子不吭气把俺妈接走了，打电话也不接。

大　夯　（掩饰地）恁妈……她没回来呀。

苏　娜　哼，俺嫂子跟我玩起点子来了！

大　夯　你跟你嫂子……咋啦？

苏　娜　这是给你拿的东西，（递给大夯）我找俺嫂子去！

　　　　　〔大夯妻自内出，大夯急忙把她拦回。　苏娜欲下，美兰上。

美　兰　苏娜，你咋回来了？

苏　娜　嫂子，

　　　　（唱）大家都说你人忠厚，

　　　　　　　今天却玩我的猴。

　　　　　　　你把咱妈接你家，

　　　　　　　还说回乡下陪老头儿。

美　兰　苏娜，你听我说……

苏　娜　我不听你说，知道你嘴巧，讲和谐，讲文明，都是一套一套
　　　　的。　可人家在乎你，我可不在乎你！

美　兰　苏娜，你把我给说糊涂了。

苏　娜　你别嫌我说话难听，知道你这一段忙，可想让咱妈去你那儿
　　　　招呼两天，也跟我说句实话！

美　兰　我想让咱娘回来跟咱爸多住几天。

苏　娜　咱爸说，咱妈压根儿就没回来！

美　兰　咱娘没回来？　我亲自把咱妈送到村头。　给咱爸拿的东西忘
　　　　车上了，我赶忙又送回来。

苏　娜　不信你问咱爸去！

　　　　　〔大夯自内出。

美　兰　爸，我妈她……

大　夯　你妈她……

美　兰　（看到大夯的窘态，拉苏娜）苏娜，走，先回到我家咱说
　　　　说话……

苏　娜　（也看出点门道，故意地）咱妈没在你家，又没回来，说不
　　　　定让人贩子给拐骗走了，（掏手机）我赶紧打 110 报个警。

大夯妻　（上）别打 110 了，我回来了。

把娘还给爹　241

美 兰 （忙接过话茬儿）妈，你到家俺就放心了！ 苏娜，咱走吧。

苏 娜 妈，不是你出来一天我就叫你回去。 恁儿子急着去北京办事儿，两个孙子一个上幼儿园，一个五年级，接接送送的，超市里我忙，你看咋办吧?

大 夯 恁娘回来板凳还没暖热哩，你就让她走?

美 兰 苏娜，让咱妈在家住几天吧。

苏 娜 嫂子，你孩子大了，不着急啦，可我……

大夯妻 咱二孩儿那边忙，我还是走吧。

大 夯 老二家，恁娘恁大岁数啦，一年四季在你那儿，哄了这个哄那个。 别说恁娘是个人，她就是一头驴，恁也该让她喝口水，打个滚，拴到树荫凉里歇歇蹄吧！ 再说你把我一个六十多岁的老头子撂在乡下，你……

苏 娜 爹，去年个俺把您接到我那儿，可您没住两天，不吭声儿走啦，还弄得我跟恁儿四处找你。

大 夯 我咋不走? 进屋你叫我脱鞋，脱了鞋你嫌我脚趾盖长，天天逼着我冲澡，说我的气味不够芬芳。 再住下去，我不得高血压，也得高血糖！

美 兰 爹，别生气，都怪俺没伺候好您。

大夯妻 你看你，孩子、媳妇哪个不孝顺咱?

大 夯 这个，我都知道。 我有病，大刚在省委党校学习回不来，他们领导还拿着东西专意来看我，让我感动得不知说啥好。

苏 娜 恁二孩儿也没忘记你，这不，为了给你补养身体，特地从宁夏给你捎回来枸杞、人参，叫你泡酒喝。 我也没忘你，怕你一个人在家寂寞，跑到宠物店给你买个它。

大 夯 啥?

苏 娜 狗！ 女老板听说是孝顺你的，还给它起好了名字：小名叫三儿，大名叫陪儿。

大　夯　它叫三、叫陪？　咦，你带回去叫它陪女老板去吧，我……我不需要它！

苏　娜　那你需要啥？

大　夯　我需要……恁——娘——！（大夯委屈地蹲下哭泣）

大夯妻　你看你，像个小孩儿，哭啥哩？

大　夯　政府还关爱空巢老人哩。　像我，不该空巢硬叫我空巢，我咋不哭哩。

　　　　［美兰、苏娜看到两位老人如此情景，各有顿悟。

苏　娜　（唱）爹爹的一句话让我脸红，

美　兰　（唱）多年来却不懂老人的心情。

苏　娜　（唱）看他们相厮相守老来伴，

美　兰　（唱）人到夕阳情更浓。

苏　娜　嫂子，我脾气不好，做得不对，在对待老人上，我应该向你学习，就让咱娘在家多住几天吧。

美　兰　苏娜，妯娌们狗皮袜子没反正，以后咱各自管好自己的家，我想着把咱娘——

苏　娜　嫂子，我知道你的想法。

美　兰　这么说，你——同意了？

苏　娜　我同意了，咱把娘还给咱爹！

美　兰　说得对，把娘还给咱爹！

——剧终

人物：夫，五十多岁。

妻，四十多岁。

女普查员，二十多岁。

［幕后驴叫声。

夫　（上）赶着你进城哩，你还哭个啥？　啥？　你不是哭，是笑哩？
你呀，笑像哭，哭像笑，你哭哭笑笑一个调，嗓门怪高，考剧团
人家都不要你。　我的小黑驴呀!

（唱）爷姓韩爹姓韩我也姓韩，

俺三代就跟这毛驴有缘。

俺爷他靠毛驴拉磨卖面，

年到头月到底难度饥寒。

俺爹他靠毛驴拉脚运炭，

去漯河跑界首苦挣俩钱。

好年代好岁月可是轮到俺，

好日子俺可是越过越甜。

［幕后驴又叫。

吃着饭你还提啥瞎包意见。

（白）你说啥?

【幕后唱　这顿饭我咋给弄怎咸?

（白）我给你加点盐水干活儿有力气，

【幕后唱　吃盐多容易得高血压病。

（白）你懂哩还不少哩。

【幕后唱　好日子你也想多活几年。

你还想多活几年哩，不是你长得光棍，想拉着你多做做广告，我也早把你宰了。（驴又叫）说着说着你又激动了，别急别急，我先去给你打扮打扮，等等我那一口子。（下）

妻　（上）

（唱）俺男人说话不利亮，

　　　　可就是有副好心肠。

　　　　脑子活泛又好使，

　　　　养过兔子养过羊。

　　　　如今他屠宰驴肉发了家，

　　　　韩李寨的驴肉美名扬。

　　　　今天我进城做广告，

　　　　骑着毛驴串四乡。

　　　　整整头，化化妆，

　　　　再换上一身好衣裳。

　　　　虽说我已四十岁，

　　　　您瞧瞧，您看看，

　　　　我扭扭屁股晃晃腰，

　　　　还如同二十多的大姑娘。

　　　［手机响……

　　　（白）喂，我不是韩实诚，我是他老婆。你是统计局的普查员？要采访他？（放下手机）农业普查才过去没几年，这又普查啥哩？（喊）韩实诚！

夫　（上）来……来了。

妻　刚才你跟驴说得恁热闹，一见我咋又结巴起来了？

夫　我就这个毛病，跟驴说话不结巴，可一跟你说……说话，我就……

妻　别结巴了，我问你，看电视没有？

夫　看……看啦。

妻　项城新闻上都讲的啥？

夫　不就是创……创……创建生态文明城……城……卫生城。

妻　还有哩？

夫　还有？

妻　孩儿他爸，刚才我接个电话，又找你搞什么普查哩。

夫　我就是想把驴肉改成马户肉，刀郎他唱他的马户歌，我卖我的马户肉，又不侵他的权。　普查我也不怕。

妻　我提醒你，得准备准备。　别跟那一年农业普查，人家说你说瞎话。

夫　那不怪我，是那个女大学生她……她写错了。

妻　你一见女大学生激动得更结巴了。

夫　我是……是有点激……激动……

妻　本来你养了二十头驴，人家问你，你就二、二、二地说了三个。

夫　是……是哩。

妻　二十头驴就变成了二百二十二头了。　人家一报道，你韩实诚就变成弄虚作假的人了。

夫　这……这一次咱趁着做广告，到电视台里摸摸底。

妻　中。

夫　中、中，咱这就搭车去。

妻　咱不坐班车不打的。

夫　那坐啥？

妻　我去骑着咱的马户驴。（下）

夫　咱离城百十里路，啥时候能到啊？

妻　舞台上三五步行遍天下，六七人百万雄兵。　我骑驴去，你去再穿个马甲。（下）

夫　反正穿不穿大家都认识我。（下）

　　〔驴叫。　妻：快来，给我牵着。

〔夫牵驴，妻骑驴同上。

妻　（唱）今日里我又把驴骑，

夫　（唱）俺夫妻进城走得急。

妻　（唱）俺不走大道走河堤，

夫　（唱）河堤上刚下过雨还有泥。

妻　（唱）这上上下下，下下上上，

夫　（唱）我看你咋骑。

　　　　〔二人走身段。

妻　（唱）走过秣陵镇，

夫　（唱）走过埠口集。

　　　　　　乖乖，咱项城建设得可真是了不得。

妻　别看了，快走吧。

夫　别……别走着哩。

妻　咋?

夫　给咱的驴戴上口罩。

妻　你戴错了。

夫　没错。　为了创建文明城，街道上不准屙，不准尿，驴屁股上必须
　　戴口罩。

妻　你给它一戴上口罩，它不走了。

夫　它不走，不是因为这个。

妻　那因为啥?

夫　它看见洗浴中心啦。　驴呀，你可不能去消费呀，那个泡脚女老板
　　正想吃你的驴皮阿胶哩，你去送货上门——（驴跑）别……别
　　跑！（急拽驴尾巴，妻骑驴下，夫摔倒）

女普查员　　（上，忙扶夫）大伯，你摔着没有?

夫　（站起）不碍事，不碍事。

女普查员　大伯，原来是你呀！

夫　你是……?

妻　（上）她是那一年上过咱家的大学生。

女普查员　你忘啦，那一年你养了二十头驴，你连说三个二，我写成二百二十二头了。

妻　闺女，你是俺家的大福星。你那一写呀，假的变成真的了，他成为农民企业家了。

夫　对，我过去是养殖户，现在我是屠宰户啦。我韩实诚的驴肉已经成为咱市的名吃了。

妻　敢情你又是来普查的?

女普查员　我现在已经在咱市统计局上班了。这一次是全国第五次经济普查。大伯，你现在是屠宰户，正是这一次经济普查的对象。

观众　（内）甲：我办的服装厂。乙：我开有理发店。丙：包工搞建筑。

女普查员　你们都是这次普查的对象。

观众　啊，这我知道了，挑挑的，担担的，锢露锅的卖蒜的，都在普查之列。

女普查员　说得对!

（唱）这一次经济普查意义深远，

农业工业服务业包括得全。

把脉国情求实效谋略发展，

了解昨天把握今天规划明天。

你是个村干部要多做贡献，

是一位当然的普查员。

（把"普查员"的工作牌戴在夫的身上）大伯，你的责任重了。

夫　（手捧着普查员的牌）是，我要尽其职、负其责。

妻 我支持你!

合唱或轮唱 经济普查是党重托,

执行政策不走辙。

上下齐配合,

信息要准确。

听党的话跟党走,

项城人永唱胜利歌!

——剧终

亲家母斗嘴

项城市豫剧团首演

谱　曲——刘坦

甲——赵雪荣饰

乙——刘军饰

人物：甲，五十多岁，正旦。

　　　乙，五十多岁，彩旦，最好用男演员反串。

甲　（上，可唱道情）

　　都怪我当年觉悟低，

　　南了北了地打游击，

　　一心二心想要儿，

　　连着生了仨闺女。

　　常言讲，啥树结啥梨，啥土和啥泥，

　　我的脸蛋长得美，

　　仨闺女颜值都不低。

　　也是她爹的基因好，

　　个个聪明又伶俐。

　　大闺女工作在北京城，

　　二闺女深圳做生意。

　　数俺三妮儿最孝顺，

　　长了一个好脾气。

　　小嘴甜，心眼细，

　　句句话都说到我心窝里。

　　她劝我，妈呀妈，

　　别生俺俩姐的气，

　　知道你养俺不容易。

　　我学个银环下乡守着你，

再寻个倒插门的好女婿，

保证样样儿都满意。

也是俺小三儿有才气，

谈个对象我真满意。

上小学他俩是同桌，

跟他娘俺又是老伙计。

今儿个见面要彩礼，

哼！我饶不了她个骚东西！

哎，她来了，巴家娘，巴家娘！（下）

乙　（上，可唱曲剧）

别看我长得不咋着，

俺孩子个个都这个。

不光因为种子好，

也是我的地肥沃。

那个货，有俩钱小三小四摆打摆，

在家我仍是正宫娘娘他老婆！

　　〔后台：巴家娘！

忽听得喊我巴家娘，

想起了三十年前那场祸。

自那后，甄美丽的名字没人叫，

提起我十里八村就话语多。

生我小儿子时候正穷，起个名字叫巴，巴望着过上好日子，谁知巴来了一场灾难，提起来至今还一不是味儿两难受哩！那时候公婆都有病，刚收罢麦，俺公爹想吃新麦面烙馍，我在院里支上鏊子点着火。谁知，一阵风吹来，把我屁股底下的麦秸引着了。我拍着打着，拧着拽着，把我裆里啊——（哭）烧得没个好地方，到医院我又跟医生护士吵了一架。恁想想，我又拉着两条腿，怀里还搂着刚满月的孩子，疼得我哭不敢哭喊不敢喊的，他们一个个还捂住嘴在那儿笑。　自那以后，落下个话柄，谁要是嘚瑟了都拿我说事儿，讽刺他，看你烧得跟巴家娘样儿。

甲　（复上）哟，又谝你的光荣历史哩？

乙　（说普通话）亲家母，让你久等了。

甲　你不就是巴家娘吗？　别撇京腔了，说咱项城话吧！

乙　他爹说好开宝马送我，酒又喝多了，我打的来的。

甲　都说巴家爹是项城的马云，如今比巴家娘烧得还很哩。

乙　看我甄美丽这人品、貌品，他真是马云我还真不要他哩！　咱闲言少叙，书归正传，伙计是伙计，亲家是亲家，国庆节就把孩子的婚事办了。　别碍口，你说都要啥彩礼吧？

甲　自打解放，彩礼就像庄稼苗一样，见风长。

乙　是呀，解放初期，谁能弄个一箱一桌五件头就不错了。

甲　后来，两转一响——自行车、手表、收音机。

乙　再后来冰箱、洗衣机、电视机。

甲　再后来，万紫千红一片春——

乙　你放心，我都准备好了。

甲　现在又有新内容了。

乙　我知道，叫"工农齐努力，建设新中国"，四家银行卡我都拿来了。　给，工行的，三万！　农行的，六十万！　建行的，九十万！中国银行的——

甲　多少？

乙　没有看。

甲　老伙计，你有多有少，你先装起来。

乙　咋？　巴家娘也不喊了，亲家母也不叫了，变卦了？

甲　没变卦。

乙　嫌少？

甲　我还没要完哩，

　　（唱）我要上一两星星二两月，

　　　　　三两清风四两云。

　　　　　五两火苗六两气，

　　　　　七两钟声八两琴音。

　　　　　公鸡下蛋要八个，

　　　　　老叫驴放屁要半斤。

乙　八丈八的珊瑚树，

　　九尺九的蚂蚁筋。

　　天大一个梨花镜，

　　地大一个洗脸盆。

甲　吔！　你咋也唱上了？

乙　你把佘太君跟宋王爷要彩礼的词都唱上了，我唱两句儿不省你的
　　劲儿了？　北京的房子买好了，新皇冠也买好了，你闺女要是不愿
　　意，你就明说，别这样拿我开涮！

甲　不是俺闺女不愿意，我怕恁孩子不愿意。

乙　此话怎讲？

甲　党中央鼓励咱要建设宜业宜居美好乡村，年轻人就好热血沸腾，

　　（唱）俺闺女要回到项城来创业，

　　　　　不知道是否跟你儿子说？

　　　　　她说道：

　　　　　一来在家尽孝陪着我，

　　　　　二来开发这片清净坡。

　　　　　三来带领乡亲同致富，

　　　　　让家乡环境优美有特色。

　　　　　承包合同刚签过，

　　　　　开工就在下个月。

乙 （唱）这话你咋不早说，

　　　　我也正愁得睡不着。

　　　　小赖种要回来当村官，

　　　　叫他爸气得又拍屁股又跺脚。

　　　　这真是两个小猴玩老猴，

　　　　咱都在鼓里蒙盖着。

甲 亲家母，好事儿，好事儿！

　　俩孩子的行动我高兴，

　　咱应该张开手臂来欢迎。

　　自己创业筑新巢，

　　不依靠老哩吃现成。

　　这才是咱的血脉咱的种，

　　有这样的儿女咱光荣。

乙 你看，孩子的应聘书已经被批准了。

甲 （接过）这是最好的彩礼！

乙 （掏出银行卡）亲家母，老伙计，这几个银行卡——？

甲 托儿所、敬老院，该支援的支援，该捐献的捐献，交给孩子，叫他们看着办！

乙 中中中，咱就这样办！

合唱 甘为农村画远景，

　　　青春不忘乡土情。

　　　新的百年要奋斗，

　　　中华民族必振兴。

　　　　　　　　　　　　　　——剧终

让人民回答

本剧荣获周口市小戏小品大赛一等奖。

项城市豫剧团首演

连　杰——尹美娜饰

甄　诚——谷文学饰

连　欣——冯丽娜饰

甄　真——聂丽娜饰

人物：连杰，女，三十多岁。

甄诚，男，五十多岁。

连欣，女，十多岁。

甄真，女，十多岁。

〔连杰的家。

连　欣　（端洗衣盆悄悄地上）爸爸外出不在家，妈妈很晚才回家，
　　　　要妈妈好好睡一觉，我呀，自己管好我自家。（找）咦，妈
　　　　妈为啥给我买了两身新衣服呀？

连　杰　（边穿衣服边上）那一身是给你姐姐买的。

连　欣　妈妈，你怎么醒了？

连　杰　今天要带着我的宝贝女儿出外旅游，怎能再睡懒觉。

连　欣　妈妈，今儿——我不想去了。

连　杰　（不解地）怎么？　你不想去了？

连　欣　我作业还没写完哩。

连　杰　你为了让妈妈带你旅游，作业不是早写完了吗？（忽然明白
　　　　了什么）你看，妈早把旅游的东西准备好了：旅行壶、方便
　　　　面，还有你最爱吃的火腿肠。　今儿呀，要带俺欣欣好好玩一
　　　　天。

连　欣　妈妈，我知道您这几天忙着案件，昨天回来那么晚，又去给
　　　　我洗衣服……我要您——好好休息一天。

连　杰　（动情地把连欣搂在怀里）我懂事的好女儿。（看手机）是
　　　　你给我关的？

连　欣　今天你休息，就怕有人找你，我偷偷把你的手机关了。

连　杰　我们有一条铁的纪律，任何时候都不能关掉手机。

［门铃响，连杰欲开门。

连　欣　妈，今天你休息，任何人叫，都不能开门。

　　　　［门铃复响。

连　杰　欣欣，咱怎能把客人拒之门外呢？　好孩子，你先看会儿电视吧。

　　　　［连欣下，连杰开门。

连　杰　谁呀？

甄　真　（上）连杰姑姑！

连　杰　啊！　是甄真！　快进屋。

连　欣　（上）甄真姐！　妈妈，原来你那身衣服就是给甄真姐买的呀！

连　杰　甄真，你——自己来的？

甄　真　俺爷，还在外边哩。

连　杰　欣欣，去跟恁甄真姐试试衣服合适不合适。

连　欣　哎！（拉甄真下）

连　杰　（出门观望，迎向内扶甄诚上）叔，啥时您老来我家这个样，还带着礼？

甄　诚　前些年我来找你爸说话，不都是顺手拿点豆腐皮儿、花生米的？　这是我做的米酒，我知道你和欣欣都爱吃。

连　杰　自打俺爸走了之后，您老也不大来了。

甄　诚　侄女，这一次来，我站在门外好长时间不敢叫门。　恁老叔——没脸见你呀！

连　杰　叔，俺甄忠哥那事儿，也怪不得您。　您跟俺爸过去都是模范党员、五好干部，还一起去郑州开过会。　您都是俺小辈人学习的榜样。

甄　诚　侄女，你没给俺老一辈丢脸哪！　省纪检监察委表扬你，市里嘉奖你，又命名你为纪检监察战线上的反腐卫士，你爸在阎王爷面前也管跷大拇指头。 可甄忠那个劣种！ 可惜我给他起这个名字了。

连　杰　才毕业的那几年甄忠哥干得不错啊，要不，会提他当一把手？

甄　诚　可当了一把手就不是他了，打麻将风将将过，见女人就想玩一个，见钱就想搂几个，俺人老几辈哪出过这样的人啊！

连　杰　这我知道，您家俺那个爷打土豪、分田地，威震一方。

甄　诚　你说说，恁大家说说，种棵葫芦结豆角，这孩子他咋就转了窝呢？

连　杰　是啊，打铁必须自身硬，当官就要懂得，权力是党对咱的信任，是人民给的，决不能把它变为摇钱树，更不能用它去为非作歹。

甄　诚　他在台上讲话的时候也是人五人六讲得头头是道，可他咋能去腐败呀？ 弄俩钱都花在女人身上，连老婆也离婚了，把真真也撂给了我。

连　杰　党中央非常重视这些让人民深恶痛绝的腐败现象，领导常说，党内不能有腐败分子的藏身之地。 要坚持"老虎""苍蝇"一起打！ 你看，从中央到地方，不是有许多腐败官员纷纷落马了吗？

甄　诚　是啊，连副国级的都被揪出来了，全国人民都拍手叫好。 侄女呀，说起腐败，人人都恨之入骨，可临到自己头上，我……

连　杰　叔，我知道你的意思。 甄忠涉嫌严重违法违纪，正在接受我们的纪律审查和监察调查。

甄　诚　甄忠的事儿，已经被审查了？ 我……我该咋办啊？（抱头痛哭）

　　　　［甄真、连欣听到甄诚的哭声，自内出。

甄　真　爷爷，你别哭。 姑姑，不怪爷爷，是我让爷爷来求你哩。

俺奶有病在床上躺着，俺爷还得做饭，还得送我上学。这个家需要俺爸爸！

甄　诚　这个劣种，给这家造成多大的伤害呀！

连　欣　妈，甄真姐说，你有这个权力，能把俺甄忠伯放出来。

连　杰　甄真，姑姑手中的权力，不是我个人的权力，是人民给的，它代表着国家和人民的最高利益。我能去以权谋私，知法犯法吗？

甄　真　（看到爷爷痛苦的样子）爷爷——

连　杰　你爷爷是咱的老前辈，是模范党员，他老人家更懂得这个道理。

甄　诚　革命一辈子了，我懂，我懂。

连　欣　妈，你……你该怎么办呢？

连　杰　妈妈我该怎么办，你俩去问在座的爷爷奶奶、叔叔阿姨们，他们会告诉你们的。

甄　真　爷爷——

甄　诚　真真，你爸他……他害了咱一家，也有损党员的形象，咱不能再去连累你连杰姑了，也别让观众回答了，好孙女，走，咱回家去吧！

连　杰　（拿出一个信封递给甄诚）叔，你等等，这是俺单位捐的钱，拿回去先把俺婶子的病治好。

甄　诚　我……我……

连　杰　叔啊，您老来到我家，我看到您，我的心情和您一样沉重。甄忠哥曾经帮助过我，对我有恩有德，我一辈子也不能忘记。但，今天绝不是我俩之间的恩恩怨怨。他的过去是那么的辉煌，可他犯下了党纪国法都不能饶恕的罪行。我是党的纪检监察干部，和您一样，我们都曾在党旗下宣誓过。那么庄严的誓词，咱们更要时时刻刻不能忘记！

（画外音）我志愿加入中国共产党，拥护党的纲领，遵守党的章程，履行党员义务，执行党的决定，严守党的纪律，保守党的秘密，对党忠诚，积极工作，为共产主义奋斗终身，随时准备为党和人民牺牲一切，永不叛党！

〔在画外音中连杰、甄诚凝重地举手宣誓，连欣、甄真行少先队礼。

——剧终

附一

皓首童心系戏魂

宫林

    说来也奇,他都八十多岁的人了,依旧喜欢往剧团跑,和剧团三代人——喊他哥的、喊他叔的、喊他爷爷的玩得不亦乐乎。有时到他家去,吃他操刀炒的菜,喝他的酒,还给他起了诸多难辨褒贬的外号,"暖男""老顽童""老吃嘴精"……到了他这个岁数,还需要一些虚名去刷存在感吗?当下有一些人忙着整理颜值、膨化虚名、趋权逐利,而他搭钱舍酒和老老小小的"戏子"混在一起,谈戏、说戏、导戏,语不饶人地数叨数叨这个,开导开导那个,还不是为了戏?戏连着他的魂,而他也念念不忘去寻找、去安顿和光彩着中国传统文化的戏剧之魂。

    他有许多名字:李泓、李梨、洁子、李魂……我独喜欢"李魂",我觉得这个名字最与他相符。换句话说,"偷来梨蕊三分白,借得梅花一缕魂",襟怀坦白,质洁魂粹,不正是他人生的写照吗?一则因为他初中刚毕业不久就写个小戏《一篮红薯干》,被申凤梅所在的项城越调剧团搬上舞台。二则他曾经当过项城县文工团的党支部书记、革委会主任,在他当政期间,把《红色娘子军》《沙家浜》《杜鹃山》《红云岗》《龙江颂》等五个现代京剧移植成豫剧,搬上了项城的戏剧舞台,书写了项城戏剧史上光彩的一页。三则自 1956 年创作了《一篮红薯干》至今,六十年与戏剧创作较上了劲儿。梨蕊梅魂,矢志不渝,李魂,梨魂,"梨园之魂"。但,他却不大用"李魂"这个名字了。不,他时时刻刻都在用着呢,他的网名不是叫"云中鬼"吗?他的诗句"经年愿做云中鬼,写尽人间是与非"也正是他魂牵梦萦、痴迷于戏剧创作的真实写照。

我与他相差近四十岁,摸不透他是如何走上戏剧创作道路的,在与他的交往中只粗略地将他的戏剧创作分为三个阶段。

1956年他创作《一篮红薯干》的时候,还正在沈丘师范学校上学。据他回忆,因为这个戏是写助人为乐的,充满正能量,引起了当时申凤梅所在的项城越调剧团领导的重视。剧团有个叫张勋冠的(当时李泓不认识他,不知是剧团的秘书还是文书)曾给他写信,让把剧本再改一改,准备参加商丘地区(当时项城隶属商丘地区)戏剧会演。在修改剧本的同时,他又创作了三篇小说,其中一篇三千多字、名叫《凤兰》的,于1957年春发表在《河南日报》上(他是新中国成立以后,项城第一个把创作剧本搬上舞台、第一个在省级刊物上发表小说的作者)。这时候,十八岁的他正处在创作的亢奋期,整个课余时间都用在读书、写作上,幻想着美好的未来。不想,两个月后他因有"个人主义野心"、想当作家而被划为右派分子(师范生允许划右派),后又因写"反诗"和顶撞校长,以现行反革命分子的罪名被开除团籍、开除学籍,并被捕入狱,判刑十年。他的戏剧与文学创作也戛然而止。如今说起这事儿,他哈哈一笑,不埋怨社会,也不埋怨他人,只重复他父亲说他的话:"不屈他呀,才会连个小鸡嘎嘎,就能得不是他啦,不整他整谁?"

第二个阶段是在"文革"后期,他创作了七场豫剧现代戏《高路入云》。高路入云,这不正是毛主席《水调歌头·重上井冈山》"到处莺歌燕舞,更有潺潺流水,高路入云端"中的字眼吗?听这名字,多么主旋律啊!剧情是围绕菱湖农田水利基本建设展开的。当时这个戏得到了周口地区戏剧界的好评,也引起了观众的轰动。虽说没演几场,那时候凡看过这个戏的人,至今仍念念不忘剧中那些活灵活现的人物和幽默生动的情节。剧中一个总觉得自己怀才不遇的人物这样唱道:"不识朱砂当红土,怀才不遇落菱湖。"不料因为当时的县革委会领导说这个戏是讽刺他的，又要逮捕他。好在形势有变，才使他这个《高路入云》的作者逃过了第二次牢狱之灾。但还是被赶出县城，下放到高寺公社，当了两年多的农村干部。

《一篮红薯干》因他而不能上演，他因《高路入云》差点"二进宫"，既是他的悲剧，又是他作品的悲剧。但，这些在他的生命里都幻化出无可压抑的力量，使他步入了第三个阶段。夕阳晚霞，老树开花，自改革开放以后，他创作了《朱笔颂》《红桃花》《红烛泪》《九月菊香》《对门邻居》《农家媳妇》《农家嫂子》《农家巧妮》等八个大戏和《妈妈，再陪我一会儿》《把娘还给爹》《守住这个家》《外甥牵他姥爷的驴》《泪洒长征路》等三十多个小戏小品。尤以《农家媳妇》《农家嫂子》《农家巧妮》（被称为"农家女性三部曲"）最能光彩他的人生。《农家媳妇》和《农家嫂子》在河南省戏剧大赛中均荣获金奖。《农家媳妇》自2002年由项城市豫剧团搬上舞台至今，先后在豫东、豫北、豫西地区及河北、山西、安徽等地演出了一千二百多场，如今仍是这个团的当家戏，且被全国多个剧种移植。河南坠子小品《妈妈，再陪我一会儿》在中央电视台举办的第四届全国少儿曲艺大赛中荣获银奖。他在坚持戏剧创作的同时，又创作了大量歌颂新农村改革开放和赞美家乡的歌词、曲艺段子和古体诗词，有多种作品获得了国家及省内奖。

看似写戏的三个阶段，却也写尽了他几乎整个人生，彰显了他对戏剧艺术的"痴"和"爱"——痴得颠三倒四，爱得死去活来。他说，我是一个地道的乡野剧作家、农家子弟。我要为农村写戏，为农民写戏，写父老乡亲爱看的戏，写县级剧团能排、拉到乡下能演的戏。这个创作理念根植在他所有作品中。他的剧本不设置大布景、大制作，守住传统戏剧舞台的空灵与简约，把舞台交给演员。而且剧中人物较少，尤其是"农家女性三部曲"中人物很少。他的剧本不光注重情节，更注重人物。他的唱词不光注重大众化，也注重诗性化。这得益于他对文学和古诗词的热爱。《农家媳妇》中的袁石磨一出场这样唱道："叹如今一身病越发烦恼,想当年我也是好汉一条。大炼钢铁三百棵树我一夜砍倒,学大寨填坑造田我一干一个通宵。几十年如一梦转眼过了,老天爷报复我咋不依不饶!"六句戏唱出了一个老贫农对过去的怀念和对改革开放的困惑。《农家媳妇》中的主人公周玉兰,受到打击怀念死去的丈夫时唱道:"文华啊,你是一片云,你就停一停;你是一阵雨,你就狠狠地下;你是一声雷,你就炸个响;你是一阵风,你就轻轻地刮,理一理我多年没梳的满头乱发,也算你跟玉兰说说知心话。"李泓老师把这些与农业有关的自然现象幻化成浅显易懂又具有诗性化的语言,丰富了周玉兰这个人物的内心世界。

他把对戏剧的痴迷,转化为对演员的疼爱,尤其对孙辈们,那不光是隔辈疼,那是他眼中舞台上的接班人,是戏剧事业的未来。这些孩子哄着他玩儿,他哄着这些孩子玩儿,摸他的兜儿,翻他的包儿,找茶叶,找口香糖,找好吃的,可排起戏来,他那个认真劲儿个个都怕。这就是满头白发、年已八十多的李泓,也是一个拒绝虚名、性情古怪的李魂。

2016年他过生日时,要我陪着他去陕西白鹿原拜访陈忠实的故乡,去清涧县拜访路遥的故乡,没想到爬高上低,他的腿脚比我还利索。他还有两大毛病:冬夏不开空调,又爱起早熬夜。他的话:冬不怕冷,夏不怕热,这是一种"顺物性,应天时"的养生。他得意地说,这得益于六年的监狱生活,使他宠辱不惊,一切都是那么淡然、欣然,顺其自然。

我们一起去了黄河的壶口瀑布。那浊浪排空、惊涛拍岸的壮美,让我们俩感慨万千,相顾无语。回到旅馆,他把被子舒展地搭在一丝不挂的身上,静静地睡了。出来多少天,还没见他睡得这么早,睡得这么美,睡得这么香!那姿态如婴儿偎在母亲的怀里。我想,这是黄河给了他别样的温暖,让他找到母爱的感觉。我侧身而起,心性所至,学着他诌了四句古体诗,也是对他生日旅游的纪念吧!

半生热冷半成文,

晓诵经书晚作晨。

畏地敬天皆他性,

童心皓首戏为魂。

（宫林,原名张功林,1968 年生于河南项城。中国作家协会会员,河南省文学院签约作家,鲁迅文学院十八届高研班学员。出版长篇小说《马年马月》《飞车走壁》《村支书纪事》等,发表中短篇小说多部。曾获"十月文学奖新人奖""山东文学奖"。中篇小说《大雾弥漫》获第二届河南省文学奖。）

附二

敢将十指夸针巧　不把双眉斗画长
——谈李泓老师剧本《农家媳妇》的语言
王中华

　　文学艺术,首先是语言的艺术。《农家媳妇》的语言是五谷滋养出来的,最接地气。比如第一场启幕,大儿媳出场:"(唱)俺的新房刚起工,病老头子就把主意生。(夹白)病老头子是谁? 他是俺公爹!"这段唱白看起来很普通,品起来却有味儿。首句"刚起工"的"刚"字,让人感觉房子起工是那么缓慢。次句"就把主意生"的"就"字,让人感觉公爹住新房的心情是那么急切。一缓一急,大儿媳就一肚子不自在了:"俺的新房",多么自恋!"病老头子",又多么排斥! 其矛盾冲突皆由末尾"主意生"的"生"字而起,在此,"生"字回戈一击,能让死处都活泛起来,滞处都流通起来,否则,岂不一盘散沙? (夹白)自问(病老头子是谁)含讨厌,自答(他是俺公爹)含无奈,一问一答,让人忍俊不禁。大儿媳刚出场亮完相,婆婆来敲门,媳不耐烦地:"谁呀?"婆:"是我,跟恁爹过来看看。"媳:"都好好的,看个啥。""看看"本无别的意思,"都好好的"把意思带偏了。家乡习俗,带礼看病人常说"过来看看"。儿媳却始终不开门,婆:"老大家,别说俺是你的公婆,就是个要饭的,你也该开个门缝儿,打发句话吧。""别说……就是……"是层进说法,家乡旧俗:以残羹剩饭支走要饭的称"打发",儿媳连句话也懒得"打发"了,门外公婆情何以堪! 这时,大儿媳胞弟碰巧来了,气愤地敲门,大儿媳:"谁使恁大劲敲门? 来报丧的呀!"如果说媳妇之前回婆婆的话是咒骂自己,这里就是咒骂别人了。再如,当大儿媳察觉胞弟对弟媳有好感时,明知劝弟无用,就干脆釜底抽薪,给弟媳介绍对象,劝弟媳别想望那么高,年龄大个十岁八岁的,身上有点小小不言的都中。还传授经验:"当初恁哥嫌我风流,迟迟疑疑不想愿意,我就一回冷,两回热,第三回呀,我狗皮膏药硬去贴……成了!"弟媳:"嫂子你真有本事,我到啥时也比不上你。"嫂子妙语连珠,不必说了;弟媳的回应也堪称一绝:竟不知是褒是贬,是自谦、自重或反唇相讥……凡此种种,真可谓不显山露水而风光无限,不搔首弄姿而风情万种!

剧本的情节处理也值得一提。例如首场启幕后,大儿媳登场一唱一白,大刀阔斧,就奔向了主题。人们叫好的同时,未免感觉突然。怎么办?作者于启幕前安排了几句有关主题的后台合唱,就巧妙解决了这个问题。再如大儿媳逼婆婆祭宅时挨了公爹一巴掌,就撒起泼来,大喊:"四邻乡亲都来看哪!他儿不在家,欺负他儿媳妇的呀……"("欺负"二字妙不可言)这一回可闹大了,如何收场?会者不忙,忙者不会。作者及时安排婆婆跪下焚香给儿媳祭宅,一下子便平息了这场风波,剧情又回归了正传。接下来,婆婆因不堪受辱喝下了农药,让祭宅适可而止,也使剧情急转直下。总之,全剧情节风生水起,有峰回路转之妙!

(王中华,河南项城人。中华诗词学会会员,河南诗词学会理事,项城诗词学会副会长。)